鳥村居子
Iko Torimura
illustration 凪良
銀河を診るナイチンゲ
Dr.マイロンの病診推理
Iko Torimura Presents Illustrated by NAGIRYO

マイロン

ナイチンゲールに所属する
悪辣な銀河一の診断医。
天才にして天災。

キサラギ

ナイチンゲールの良心。
清き心と救命の意志を持った
看護師。

ミスト爺

ナイチンゲールの“口利き屋”。
金さえ払えば
彼に不可能は無い。

『リトルグレイ』

ナイチンゲールの頭脳。
ミスト爺に溺愛されている。

旧式小型宇宙船医療ロボ

『ナイチンゲール』

はるか昔に地球で造られた
小型宇宙船を兼ねる医療ロボ。
小さな医療施設であり、手術機器だけでなく
滅菌保管庫などの機能も備えている。
患者を別の星にある医療施設に運搬しなければ
いけない場合もあるため宇宙船としても動作可能で、
自衛機能も付いている。ロボにちなんで
医療チーム名も『ナイチンゲール』としている。

CONTENTS

Karte 01
植物硬化病
010

Karte 02
冬眠覚醒中に死ぬ病
090

Karte 03
心のない異星人がかかる鬱病
160

Karte 04
失明ゾンビ病
243

Nightingale in the galaxy

銀河を診るナイチンゲール

Dr.マイロンの病診推理

鳥村居子
Iko Torimura

Heroless time is over.
I dare to ask you.
"Still do you have the Fang to bite?"

NOVEL 0
ZERO

私にとってドクターマイロンは神様だった。

その想(おも)いはどのような環境になっても変わらないはずだったが、まさか、こんな形で再確認する羽目になるとは思わなかった。

「あなたは本当に、この病が何なのか、診断がつくと？」

そう私が言うと彼は自信満々に頷(うなず)いた。


私たちは星境なき医師団と呼ばれる医療団体の一員だ。本来は、恵まれない環境の星で医療環境を提供する役割を担っているが、今はわけあって監獄惑星と呼ばれる、星全体が刑務所のような場所に来ている。

そこで私たちは今までに見たことのない患者に出会ってしまい、現在、その患者に襲撃されているという悲惨な状況だ。

私たち医師団のメンバーは建物の一室に閉じこもっている。扉は重たい家具などで塞いでいるものの、なにせ凶暴化した患者は大量にいる。この場所もどのくらい持つかわからない。ドアや壁からは激しい物音が聞こえてきた。

そのような状況だがドクターマイロンという男は平然としている。他のメンバーは多少なりとも焦燥感を顔に出しているというのに。

軽く乱れた灰色の短髪に、薄汚れた灰色の服にジーンズというラフな格好で白衣を纏(まと)った年齢不詳の青年。顔以外の露出した部分は、首も手足も包帯が巻かれて肌の色がわからない。そんな、とても医者とは思えない格好で、ドクターマイロンは医者としての変わらぬ信念を貫こうとしているらしい。

私は彼の気持ちがわからない。暴徒と化した患者は私たちを殺そうとしている。患者を助けたいのに、その気持ちを伝えることができない。問診すら困難だというのに、ドクターマイロンは一体どうするつもりなのか。

私ですら手足が震えて動けなくなるのを堪（こら）えるので精一杯だ。患者を救おうとするドクターマイロンを支えたいが手段が見つからず途方に暮れる。

「こんな絶望的な状況下で……」

必死の思いでドクターマイロンに問いかける。

「自分が死ぬかもしれない状況下で、それでも病の診断を行うと？」

「当たり前だ」

迷う素振りさえなかった。

ドクターマイロンは自分を殺そうとする患者であっても救いたいと口にしているのだ。

身体（からだ）の力が弛（ゆる）んでいく。押さえつけなくても気持ちが凪（な）ぐように落ち着いていく。

そうだった。この男は何があっても変わらない。

普通の常識では到底はかれない人間であり、まともに彼について考えるほうがどうかしている。

そんなこと、とっくの昔にわかっていたはずなのに、自らの内から込み上げる恐怖に押し負けて馬鹿なことを考えてしまったようだ。

ドクターマイロンは私の恐怖を見透かしていたようで馬鹿にしたような笑みを浮かべながらも、胸を張って自信満々に宣言した。

「どのような環境でも、そこに病がいるなら、僕は自分の仕事をするだけだ」

彼は私の視線を真っ直ぐに受け止めている。

「会話をして、病の本音を聞き出す」

ゆっくりと息を吐き出して己の胸の内を誇るように、彼は言った。

どうしてだか彼の言葉に泣き出してしまいそうだ。

だからこそ私は心を動かさないように、じっとして彼の言葉だけを耳に入れようとする。

今だけは、自分たちを壊そうとする暴徒たちの物音を忘れられるように。

「それが銀河を渡り歩く総合診療医としての、僕の仕事だ」

真っ直ぐな双眸を閃かせて、私の顔を見つめながら彼は言う。

「星境なき医師団に所属するナイチンゲールとしての存在意義だ」

眩いまでの態度に、一瞬、私は目を閉じてしまいそうになった。

だが耐えないと。

私の心を占有していた不安や恐怖を取り除くには、彼の言葉が一番なのだから。

彼にばれないように息を浅く吐き出した。

もう大丈夫だ。

彼が彼のままなら私たちはきっと患者を看ていられる。

確信した私は口を開いた。

「そんなに偉そうに言ったって、私たち、命の危機なんですけど」

彼は私の言葉を聞きながら余裕げに口元を歪めた。

私の告げた危機など何とも思っていないようだ。

ああ、そうだ。こういう男だから私は一緒に働くことを決意したのだ。

どうしようもなく周りを見ずに自分のことばかり考える最低の男、興味を持つのは病気のことだけだ。


どうしようもない男を前にしてしまえば、もはや笑うしかない。

私は、彼と出会った数ヶ月前のことを思い返していた。

カルテ1　植物硬化病

今、これ以上ないくらい憂鬱で最低の気持ちだ。

【緊急】ミス・キサラギへ　返信は当日中に。重要度1

自室でキサラギは自分宛に届いたメールの件名を見て深く嘆息する。

いつもより早く起きたから、支度の合間にメーラーをチェックしようと携帯端末を開いた自分が馬鹿だった。そう嘆きながらキサラギは寝台に寝転んだ。

さっさと着替えて仕事に向かおうとしていた気持ちが瞬時に萎えていく。

銀色の長い髪の毛をまとめようとしていた手を止めて髪ゴムを手首に巻いた。脱ぎかけのパジャマのズボンを床に放り捨てて、キサラギは携帯端末を持ち上げてメールを開封する。

星境なき医師団の本部から、こんなメールが来たときは、大抵ろくでもないことだった。

本文を読もうとしてキサラギは顔をしかめた。

「暗号化されてる……」

キサラギは呟くと携帯端末の電話機能を起ち上げながら起き上がる。スピーカー機能をオンにしてから携帯端末を寝台の上に放り投げてパジャマを全部脱ぎ捨てた。下着姿のまま衣装棚を開けて、今日着用する看護服を適当に選んでから床に投げた。

下地クリームを探していたところで電話した相手が出たようだ。用事を尋ねてくる。

キサラギは携帯端末はそのままに口を開いた。

「キサラギです。前任のマルクリアさんですか？　本部から来たメールが暗号化されていまして……マルクリアさん、その辺りまで引き継がないで出星されたでしょう？　ですので、暗号化解除アプリを今すぐ送ってくださるか、メールクラウドの私のユーザーＩＤとパスワードを教えますので、代わりに暗号化解除してくださいますか？」

キサラギの言葉に相手が抗議してくる。既に担当を抜けた自分がコンプライアンス違反ギリギリのことをしてまで、何故そんな行為をしなければいけないのか不満のようだ。

もう一度キサラギはため息をついた。急にこの仕事を辞めると決めて引き継ぎもままならないまま、まるで夜逃げのように勝手に星を出た相手にも多大な責任があるだろう。だが、そんなことを相手に言っても口論になるだけだ。それがわかっているからこそ、キサラギは声のトーンを変えて話しかける。

「マルクリアさんを信頼しているからこそです。マルクリアさんは私のＩＤを使っておかしなことはしないでしょうし、それに本部から来る緊急メールの重要性も誰よりも理解しているはずですから。……今、あなたしか頼れる人がいないんです。私を助けてくれませんか？」

正論を吐いても相手は納得しないからこそ遠回しに言う。相手を騙(だま)す気しかない、本当に最低最悪だ。

たまに、どうしてこんな過酷な仕事をしているのかを己に問いかけてしまう。

星境なき医師団の一員であることをキサラギは後悔していた。

人は〝星境なき医師団として医療業務を行う〟という文言を聞いただけで、思いきり顔をしかめるだろう。まさにその通りの職業だ。

星境なき医師団とは数多(あまた)の医療グループを管理し、銀河間で医療・人道的援助を行う完全な民間営利による星間協力組織だ。設立の経緯は、今から三〇〇年ほど前に多数の銀河を巻き込んだ大規模な星間戦争に遡る。そこで宇宙連合の依頼により派遣された一組織が、各星々で数千万の餓死者と多くの異星人の消滅という現実を目にして現状を変えたいという思いから医師と記者がメインとなって設立された。

今では大規模の組織となって中立・平等の名のもとに数多の銀河を股にかけて危機に瀕(ひん)した惑星の緊急医療援助を主に行っている。

キサラギも医療グループの一員であり、こうしてバルト3と呼ばれる惑星に派遣されていた。

麗しき慈善事業、だがその裏では、派遣される惑星のほとんどが星間紛争の真っ直中にあり命の危険と隣り合わせだ。その上、安月給でもある。星境なき医師団に参加する生命体なんて、よほど聖人めいた考えの持ち主か、星境なき医師団の広報活動に騙されて、自分を過信した挙げ句、宇宙を救う気になってしまった気の毒なものたちくらいだろう。

前任者マルクリアは後者だった。広報活動に騙されて覚悟のないまま参加して、過酷な現実を目の当たりにして、あっという間に逃げ出してしまった。そんな屑でも技術があれば、星境なき医師団の現場なら、すぐにリーダーになれる。慈善事業という環境に責任感の価値など、どこにもない。

携帯端末から電子音がした。どうやら目的のアプリがメールで送られてきたらしい。キサラギは手鏡をそっと顔からずらして後ろの寝台にある携帯端末の画面を映す。送信元がマルクリアであることを確認して、声を出した。

「……ええ、今、確認しました。アプリを送ってくださってありがとうございます。また同時に最新の暗号化解除アプリ申請方法も教えてくださり感謝いたします。もちろん、こちらは一時的に使用するだけで、すぐに破棄致しますので。このことはご内密に」

キサラギは笑う演技をした。手鏡を見ながら下地クリームを顔に塗っていく。看護服の上に防護服を着るのだ。ろくに顔など見えないから多少は手を抜いてもいいはずだ。

相手は用事が終わったというのに、まだキサラギに話しかけている。どうやら新しい職場が決まったらしく自慢しているようだ。下手に刺激しても面倒なため聞き流していると、だんだんと不快な単語が混ざってきた。

キサラギは寝台に近づき携帯端末を持つと彼との通信を強制切断した。

「……地球で働くようになったから、同じ地球人のお前も来るといい？　ずいぶん気やすい誘いだこと。本当に不快。舐めないでいただきたい」

呟いたキサラギは、そのまま端末を操作し、暗号化解除アプリを使って本部からのメールを開封した。

どうやら特別な医師がバルト3にやって来るらしい。かなりの問題児らしくトラブルを起こしかねないから注意をしてほしいという旨と、それでも可能な限り支援をお願いしたいという内容だった。ただし彼の滞在期間はだいぶ短い。

ずいぶんおかしな内容だ。暗号化をかけるほどのものでもない。キサラギは首を捻りながら医師の名前を確認して、目を大きく見開いて呟いた。

「ドクター……マイロン？」

◆

「マイロン」

マイロンと呼ばれた男は、近くに座っていた老人へと目を向けた。白髪で皺だらけの顔だが縦に長い鼻が特徴的だ。

「もうすぐ着くいね。そろそろ仕事の準備をしんさい」

「言われなくても、もうしているし、目的地との距離くらいわかっているよ、ミスト爺」

マイロンの返答にミスト爺と呼ばれた老人はつまらなそうに鼻を鳴らす。

マイロンはナイチンゲールと呼ばれる宇宙船型医療ロボットに乗って、バルト3にある星境なき医師団のいる施設に向かっている。

　バルト3も星境なき医師団が派遣される中で例に漏れず酷い星だ。

　貧民惑星であり満足に医療設備がない環境だった。過去に大きな宇宙戦争があり、まだ疵が癒えていないためだ。自然環境が破壊されて、環境を良くするためのシステム機器を導入するだけの力もないことから、その場しのぎの植林活動が行われていた。

　医療ロボットの窓外にバルト3の荒廃した景色が広がっている。何もない茶色い広大な砂漠を抜けたと思うと、徐々に緑が増えていくのが見えた。植林された林の中を、無数の武装ロボットが走っている。まだ情勢が安定していないのだろう。こちらの機体もレーダーに捉えられているようだが星境なき医師団のシンボルが機体に印刷されているため問題視されていないようだ。

　マイロンはナイチンゲールのインターフェースモニターを開いて、大気の様子を確認する。かなり蒸し暑いようだ。この中で仕事をするとなると、だいぶ骨が折れそうだ。

「……七日、それが儂（わし）らに与えられた時間じゃ、マイロン」

ミスト爺は顔を更にしかめている。この星のものたちがマイロンたちにくだした判断に文句をつけているのだ。

マイロンは特殊な事情があって、他の星境なき医師団のメンバーとは違い、惑星の滞在期間が決められている。その期間は星の事情によって異なる。事情は複雑だが、要約するとマイロンはやりたい放題したせいで、こうなってしまった。

「なかなか大盤振る舞いじゃないか。もう少し短いと思っていたよ」

そう言って肩をすくめると、ミスト爺は狭い船内の座席に腰をかけたまま深いため息をつく。

「正気かのう、マイロン」

「僕はいつだって正気さ。これから病（こども）たちと交流するんだ。いつも以上にワクワクしているくらいさ」

「なるほど、その言い方なら確かに正気じゃのう、お前の場合はな。……儂は七日程度じゃ稼げるもんも稼げんけえ、ぶちやる気がないんよ」

「目先の金のことばかり口にする君もいつも通りじゃないか。とはいえ、僕はそんな君の姿勢は嫌いじゃないよ。ここ最近、ナイチンゲールの貯金が減るばかりだから、どんどん荒稼ぎしてほしいね」

「ならもっと稼げる星を選びんさい」

減らず口だ。そんなものに応えないマイロンだとわかっているからこそ口にしてしまうのだろう。

「……生命体の身体が植物のように硬化してしまう、銀河に広がる謎の流行り病。その原因と治療法を診断してほしい――ふふふ、なかなか面白い病に会えそうなチャンスじゃないか」

そうマイロンが宣言するとミスト爺は思いきり嫌そうな顔をして言葉を付け足す。

「それも感染の酷い一惑星の患者だけ看てどうにかしろ、と。……無茶ぶりにも程があるわい」

「ネガティブなことを口にするのは良くないよ。それに無茶ぶりでもない。七日もあれば対話には十分さ」

マイロンは窓に目をやった。周囲に生えている木々の背は低い。さっきまで密集して綺麗に整理されて生えていたものが、今ではまばらに散らばっている。

「そろそろ頃合いか。さて、止めてくれないか、リトルグレイ」

そうマイロンが話しかけると目の前にホログラムが浮かび上がる。頭が膨れて目玉の大きい、全身銀色の生命体、ナイチンゲールの生体ユニットであるリトルグレイだ。彼は黒々とした目玉をこちらに向けながら、キュウと鳴いた。

ナイチンゲールが徐々に速度をゆるめて停止する。

「いい子だ」

マイロンがホログラム上のリトルグレイの頭を撫でるふりをすると彼は気持ちよさそうに目を細めた。

リトルグレイは優秀な生体ユニットだ。ナイチンゲールは小さな医療施設を兼ねており、手術室だけでなく滅菌保管庫などの機能も備えている。患者を別の星にある医療施設に運搬しなければいけない場合もあるため宇宙船としても動作可能だ。元々小型医療ロボをサイズはそのままに、宇宙船の機能も付け加えることができたのは彼のおかげだ。

エアロックに続く頭上の扉を開けようとすると、ミスト爺が慌てた声を出す。

「どこ行くんじゃ、マイロン。不用意に外に出ると感染するかもしれんぞ。周囲にも感染者がおるんじゃけえ」

「そもそもこれは、そういう感染症じゃないよ、ミスト爺。まず、そこが間違えている」

マイロンの声にミスト爺が何ともいえない声を出した。

マイロンは狭いエアロックを通り外に出る。むっとした熱を受けて少しだけ眉根を寄せた。そんなマイロンを迎え入れたのは現地の異星人たちだ。元々人里から近かったのだろう。マイロンたちから距離をとってナイチンゲールの機体を物珍しそうに見つめている。

彼らの視線に敵意がないのは、ナイチンゲールの機体にある星境なき医師団のシンボルのおかげなのかもしれない。

　多少、肌の色に赤や青といったものが混じっているものの、ここの異星人は地球人に身体構成や身体機能が似ている。彼らの露出している腕や足には木の幹のように変色している部分が見受けられた。

　ここにいるものたち、ほとんどが流行り病にかかっているのだ。

「なるほど、すごいね」

「こりゃ、マイロン。病院に行けば嫌でも多くの患者と接するんじゃ。時間もない。寄り道は程々にしときんさい。ナイチンゲールを停止させるにも燃料が余分にかかるんよ。その辺ちゃんと計算しんさいいね」

　目の前にホログラムモニターが浮かび上がり苛立（いらだ）ったミスト爺が表示される。

　ナイチンゲールからの遠隔操作だ。

「ああ、わかっているよ。患者たちよりも病（かれら）との交流を大事にしないとね」

　そう言いながらマイロンはナイチンゲールから降り立つと、一番近くに生えている木へと近寄る。

　マイロンの背丈くらいの木で、枝は明後日（あさって）の方向に曲がっており、どこか形は歪（いびつ）だ。ユーカリとは似ても似つかない。

ミスト爺が、その木を見て呟いた。

「しかしここまで無造作に植林が広がっておるとは。地球から無償で贈られた大量のユーカリ樹林。しかしデータよりも随分育ちが悪いのう……」

ユーカリ樹林。成長が速い特性を生かし、どのような環境でも育ち酸素を産み出すよう遺伝子加工されている。星間戦争の被害はこの惑星だけでないため、この銀河内に盛んに植林されていた。また水分や栄養を吸収しすぎてしまい他の生態系にダメージを与えるというデメリットも一緒に解消されたはずだ。

だからこそミスト爺は首を傾(かし)げているのだろう。

マイロンは呑気(のんき)に聞こえるミスト爺の感想にクックッと笑っていた。

「……どうした、何がおかしい？」

気分を害したのだろう、ミスト爺が不機嫌な声を出した。

マイロンはそんな彼に丁寧に訂正をする。

「ミスト爺、君は勘違いしているよ」

「……まさか……」

ミスト爺は簡潔なマイロンの言葉で悟ったのだろう。

マイロンは彼の絶望をわざとらしく口にした。

「ここにある木は植林じゃない。生命体であったものだ」

そう、植物硬化病により完全に植物に変わり果ててしまった異星人の死体だ。どこにも置き場がないため、ここに放置されてしまっているのだ。

「ここまで……酷いとは……」

惨状に喘(あえ)ぐミスト爺に笑って答える。

「ああ、酷く嬉(うれ)しくてしょうがないよ」

「お前……」

呆(あき)れ果(は)てたミスト爺の言葉を聞き流しながらマイロンは感嘆の息を漏らす。

「さて、僕の仕事だ。生きている、この病(こ)たちの本音を聞きに行こう」

銀河に広がる植物硬化病は確実にこの惑星の生態系を蝕(むしば)んでいる。

◆

キサラギはバルト3の医療施設で働きながらマイロンという男を待っていた。

本部からのメールには到着時刻が書かれていたが、時間になってもこの場所に、送られてきた画像にあった男の姿は見えなかった。本部からのメールもかなり急いで送られてきたようで、まともな情報はなく、詳しい情報を求めても返信は来なかった。

キサラギはマイロンという男に心当たりがあった。もし自分の知っている男だとしたら尚更心の準備をして会う必要がある。

それに人手不足の今、支援がきてくれることは大変ありがたい。

バルト3の医療施設では医薬品もスタッフも何もかも足りない。

キサラギはぐるりと医療施設を眺めた。

診療所の本体は巨大なテントを三つ設置してある。感染者が爆発的に増えており、建築物を建てるより患者の増加に対応できると考えたからだ。実際、簡易テントが本体の周囲に無数に建てられている。発電機や燃料は、まともに置いていない。武装勢力の標的にもなりうるからだ。テントの周囲に張り巡らされている、本部から貸与された高性能の大気調整シートだけが患者や医師たちの命綱だ。

遠くに、例外として、しっかりした建築物が建っているが、あれは医薬品の保管庫だ。さすがに薬は人と違い高温下ではもたない。

「キサラギさん、テントが足りなくなったのですが……」

防護服を着た現地スタッフが話しかけてきたのでキサラギは指示する。

「それなら現地スタッフのガルドさんにお願いしてください。彼が追加でテントの材料を購入して保管していますから。ガルドさんなら重病人の多いテントで世話をしているはずです」

そう言いながらキサラギが現地スタッフを案内していると、喧嘩に似た声が聞こえてきた。何やら遠くで騒ぎが起きているようだ。医療施設でもめ事が起きるのは何も珍しいことではない。

キサラギは様子を見ようと、声のしたほうに駆け寄ったそのとき、一人の男が防護服を着た現地スタッフに掴み掛かっているのが見えた。

「さあ、脱ぐんだ。そんなものはいらないよ」

「君はなんだね」と慌てふためくスタッフに構わず、男は無理やり防護服を脱がそうとしている。

「ちょっと、あなた何をしているんですか。やめてください！」

甲高い声でキサラギは男を止めた。彼は不思議そうな目でキサラギを見ている。

「やあやあ、これは随分珍しいね。若い地球人の少女。言語の訛りに特徴があるね」

キサラギは彼の顔を見て驚くと同時に不快に顔をしかめて思った。

言語の訛りで地球人だとわかるとは。

それに彼の顔には見覚えがある。ドクターマイロンだ。

キサラギは鋭い声音で言い返した。

「……私が女であることに何の問題が？　それより、あなたは……あの、ドクターマイロン……」

「そうだよ、僕はマイロン。星境なき医師団の一員で総合診療医さ。話はついているはずだけど？　それに君の名前は？」

「私はキサラギと申します。あなたの仰る通り、地球人です。やっぱりマイロン……あの悪名高き？」

「間違いないね」

　悪びれもせず彼は即答した。キサラギはむっとした顔で言う。

「……あなたが、あのドクターマイロンなら、尚更、言わせてもらいます」

　キサラギは防護服を着た男とマイロンの間に割り込むと、彼を見上げる。

「この状況下で皆が防護服を脱いで、もしも爆発的に感染者が増えたらどうするんですか？　ここには植物硬化病の感染者もいます。ただでさえ崩壊寸前の医療環境にトドメをさす気ですか？」

「僕からしたら異星人を媒体にした感染症でもないのに、重たい防護服で動き回っているほうが頭おかしいけどね」

　彼の言葉を聞いてキサラギは深く嘆息した。

　ドクターマイロン、悪名高い総合診療医。噂通りのようだ。

　住居不法侵入、システムクラッキングによる情報入手、医薬品の不法入手、彼の情報に短く記載があったが、この男の様子だとそれだけでは済まないだろう。

　だが手段はともかく総合診療医の彼の言葉には意味がある。

「一体、何を根拠に、異星人がキャリアではないと？」

キサラギは敵意を引っ込めて質問した。

だがマイロンは素直に答える気もないようで逆に問い返してくる。

「じゃあ尋ねていいかい？　君が異星人をキャリアとして感染していると考えているとして……一体、何で二次感染しているわけ？　飛沫感染？　空気感染？　接触感染？」

「そ、それは……」

すぐには答えられない。戸惑うキサラギにマイロンは口元を歪めて言葉を続ける。

「答えられない？　それはそうだろうね。どうせ君は適当に調べもせずに、その可能性もあるからといってリスクヘッジで防護服を着ているだけなんだろう？　ちゃんと感染者をデータ化して、その感染経路を確認したかい？　時間はないだろうけど、それでもこの惑星分くらいは整理できるはずだけど？　そうすると自然に異星人を媒体にしたものではないことくらい推測はつくはずだよね？　ここにキャンプを建てた奴は少なくともそれがわかっている感じだったけどねえ」

「……は、はあ？」

困惑するキサラギの防護服にマイロンは手をかけて続けた。

「さあ、君も脱いで。こんなもの、仕事の邪魔になるだけだよ」

「それでもし、私たちが感染したら……私たちだけでなく、ここの民にも迷惑がかかるんです」

　患者も現地民も第一に考える必要がある。

　マイロンに気圧(けお)されないよう真っ直(まっす)ぐに言い返す。

　その瞬間、まるで気持ちを弛(ゆる)めたようにマイロンが素直に笑った。

「いいよ、責任なら取るよ。何故なら僕は既にこれが異星人キャリアの感染症ではないと確信しているからね。何故そう思っているのか答えを聞きたいなら尚更、脱いでほしいかな。そんなもので壁を作っていたら、病(かれら)の声は聞こえないよ。大体、こういうのは信頼関係が大事だと思うんだ。君までそんな固い殻を被(かぶ)っていては無意味だと思わないかい？」

　決してマイロンの言葉をのみ込めたわけではない。

　だが頑(かたく)なになっていては何も始まらないのは確かだ。

　キサラギは黙って防護服のヘルメットを脱いだ。

　頭上で一つに結われた長い銀髪がヘルメットから解放されてスッキリする。真っ赤な双眸(そうぼう)をマイロンに向けた。

　マイロンは少しだけ驚いた顔をしていた。

　防護服を全部脱いだあとに出てきたのは、白い看護服を身に纏(まと)った、すらりとした小柄な体格の少女だったからだろう。キサラギは実年齢とかけ離れた、自分の外見の幼さを自覚していた。

マイロンは破顔して言った。

「それだ！　君は話がわかるね。それにしても珍しいな、アルビノの地球人だなんて……その手足はなんだい？　随分頑丈に作ってあるけど」

彼の言葉をキサラギは不快に感じる。さすが観察力に優れた医者だと思いながらキサラギは吐き捨てるごとく言った。

「関係ありますか？　その話が、今？」

「ないね。単純に純粋に僕の好奇心だね」

あっさりと引きさがったマイロンをキサラギは怪訝（けげん）に感じながら見つめた。

マイロンは先程とはうってかわって、キサラギを敬うような声音を出しつつ話しかけてくる。

「さて可愛（かわい）い看護師のキサラギ、この医療施設の責任者、ホスピタルディレクターはどこだい？　もっと言うとマルクア……あーなんだっけ」

声音の割りには内容は失礼だ。キサラギは若干嫌な思いになりつつ答えた。

「マルクリア・サルディゥスさんのことですか？」

「それだ。彼はどこにいる？」

「彼なら昨日、辞めました。ここでは一ヶ月もてばいいほうですから」

過酷な環境下で人手不足はどこも同じだ。それをマイロンもわかっていたらしく別に驚きもせずに受け流している。

キサラギは淡々とした声音で言った。

「だから今は私が代役もとい現在の責任者です。私が一番ここで長く医師団として働いていますから。それでお話とは何ですか？」

「簡潔に言うね。植物硬化病の診断で僕が呼ばれたんだけど期間が七日しかない。最大限のサポートをしてほしい」

「わかりました。整えましょう」

即答する彼女にマイロンは驚いた様子を見せる。

「ふむ、最高だね、君」

「……いきなり何ですか」

複雑な顔をしたキサラギにマイロンは顔を近づけて言った。

「初対面の相手にアレコレ言われて命を危険に晒すようなこと、普通はできないよ。しかも悪名高い僕の頼みを丸ごと聞くなんて。どんな精神性なんだか。君の度胸に対して称賛しているんだよ。素直に受け取るといい」

「ありがとうございます。ずいぶん言葉が達者で。通訳は必要なさそうですね」

キサラギの言葉にニヤリと笑ったマイロンはすぐに無表情になり質問した。

「さて君は、どこまで植物硬化病の患者の症状を確認できている？」

「明らかな感染症です。熱もあり、血液と脳髄の各分析値からみて、まず間違いないかと。炎症反応もあります」

「そこまでは確認できているんだね。麻痺（まひ）や内臓の機能不全、ショック症状もある。もちろん身体組織が別のものに作り替えられているからだね。全て感染症が招いているものだと？」

「はい」

「他に気付いたことは？」

キサラギは一瞬だけ黙り込んだが「その他はとくに」と答えた。

小さく肩を揺らしたマイロンは話を続ける。

「なるほど。そもそも君たちは過程を間違えている。正体を知りたいなら、患者を看るのではなく、病（かれら）の心を視（み）るべきだ」

不思議に思うキサラギにマイロンは両手を大きく広げて言った。

「つまりコミュニケーションさ。何故そんなことをする必要があるかって？　これほどの患者がいるのに、君たちは病（かれら）の悲鳴を何も聞けてないじゃないか。この病（こ）は脊髄を攻撃し続けているんだ。それが何を意味するかわかるかい？　感染の原因を取（と）り除（のぞ）ききれていないってことさ」

「……彼とか、彼らとか、何を言っているんですか？」

「病とか病だよ。君こそ何を言っているんだい？」

　わけがわからない。病の危険性を問うているのだろうか。キサラギは言葉を選びながら彼への返答を口にする。

「感染の原因を除き切れていないからこそ、これ以上の感染を防ぐために患者を無菌室に入れろとでも？　……そんな設備はありませんが」

「違うよ、馬鹿だなあ。あくまで感染症の根源を見つけ出すことが必要だと言っているんだ」

　これほどまでに馬鹿正直に罵られると逆に清々しい。

　マイロンの言葉にキサラギが深くため息をついた。感情のない声で言い返す。

「……ここまでで一言いいですか？」

「どうぞ」

「私はあなたのことを個人的に信用はしていますが他の職員は違います。急に現れたあなたに皆、戸惑うでしょう。そんな風な言い方をされてしまえば、尚更……」

「君が思っているよりも他のものはプロだよ。星境なき医師団のメンバーが現れてすぐに消えていくなんて、よくあることさ。だが僕の性格がアレなのは僕も自覚済みだからね……君の言いたいこともわからなくもない」

　そうキサラギたちが話していると防護服を着た医師団のメンバーが話しかけてくる。

「キサラギ看護師、急患です」

現地スタッフに話しかけられキサラギは、はっとした。

「わかりました、行きます、症状は？」

「腕や足に、幹に似た物質のような組織の変質が見られます。植物硬化病かと……」

そう言う女性のあとについて行こうとするキサラギをマイロンは止めた。

「君はあくまで看護師という立場なのだろう？　僕に任せてくれないか。僕にはこういう方向性で誠意を見せるしかないからね」

マイロンの言葉を受けて無言でキサラギは顎を下げた。

悪名高い総合診療医のお手並みを拝見したい。そんな気持ちを抱いてしまったからだ。

そうしてやってきた小さなテントには一人の少年が床に寝ていた。最初に医師団の職員が告げたように、腕や足に異常が見えていた。ぷっくりとした小さな茶色い腫瘍のようなものが身体のあちこちに散らばっている。

「なるほど」

マイロンは少年の横に屈(かが)み込み、ピンセットを取り出し腫瘍の一部を掴み、小瓶に入れた。少年は痛みを感じていないのだろう。不思議そうな顔でこちらを見ている。

「リトルグレイ。この組織片を送るから、すぐにデータと照合してくれ。多分、簡単に結果が出るはずだから」

　そうマイロンが言った瞬間、小瓶の中身が消えてなくなる。

「それは……なんですか？」

　キサラギが質問するとマイロンが答えてくれた。

「医療ロボ、ナイチンゲールによる遠隔転移だよ。大したもんじゃない」

　やがてマイロンの目の前にホログラムモニターが開かれた。記載されてある結果が予想通りだったのか、彼は大きく頷（うなず）きながら少年に目をやり話しかけた。

「安心しなよ。君は別に植物硬化病にかかったわけではない。果汁腫瘍と呼ばれる症状だね。組織を食い散らかすバクテリアのせいで酷い炎症を起こして膿（うみ）がたまってしまったのさ。ビブロア沼に入ったね？　あそこは知的生命体にとって害のある寄生虫や微生物が多いからね。むしろ、その程度のバクテリアによる傷口感染を起こしただけで済んだのは奇跡中の奇跡だよ。君はその幸運に感謝するといい。……まあ、僕としてはもっと珍しい病（こ）に会いたかったので、君がこの程度で済んだのはとても不幸なんだが……まあいいか」

　目をパチクリとする少年にマイロンは笑いかける。

「出会いに差をつけてはいけないね。それは病（かれら）にとても失礼だ」

　立ち上がったマイロンにキサラギが驚きながら言った。

「傷口を見るだけでそれがわかったのですか？　バルト３に存在する寄生虫や微生物などのデータは、全て網羅したとでも？」

「そんなの、当たり前だろう？　なにせ僕には時間がないからね。……さて、あとは君に任せるよ」

「……え？」

テントを出ようとするマイロンをキサラギが引き留めて声をかける。

「今、なんて言いました？」

「あとは君に任せるよ」

棒読みで繰り返されてもキサラギは納得できない。そんな彼女の様子に苛立ったのか舌打ちしたマイロンは彼女に向き直って、改めて言ってくる。

「僕は総合診療医。病の本音を聞き出すことができれば、それでお役ごめんさ。僕はあくまで窓口で治療はその先の専門家に任せるのが筋だろう？　もちろん何がどう必要なのかはきちんと指示するけど、実際に動くのは君たちだ」

「そ、そうはいっても……これが果汁腫瘍なら外科手術の必要が……取り除かなければ症状が悪化します！」

慌てふためく彼女を心配に思ったのか、猫なで声でマイロンは問い返す。

「え？　だから外科医と麻酔科医にコンタクトを取って頼めばいい。それとも彼らも昨日、辞めてしまったのかい？」

「いいえ、実は……緊急の婦人科疾患の患者のために、今、手術を……」

そう、今はここに外科医がいない。

マイロンなら外科医の代わりになるかもしれないとキサラギは考えてしまったのだ。

キサラギの一言で現状に気付いたのか、マイロンは哀れんだような目を向けてくる。

「他にいないんだね。まったく、まともに医療運営が機能していないじゃないか。この程度の外科手術ならナイチンゲールで済むけれど……リトルグレイ、聞こえるかい。近くまで来てくれないか」

そして別のモニターを開き、彼は何者かに通信を繋いだようだ。

「……さて、ミスト爺、おおい！」

「なんじゃい」

モニターに映ったミスト爺はナイチンゲール内で仕事をしていたのだろう、不機嫌そうに返答した。

「あ、あの……」

何故マイロンは彼を呼び出したのか。そう困惑するキサラギをマイロンは一瞥して言った。

「ざっくり今までのここの仕事をナイチンゲール経由で星境なき医師団のシステムデータベースにアクセスして確認してみたよ。宇宙船運搬の交渉、他医師団との連携……色々雑務を抱えているようだけど、それは本来、看護師としての仕事ではないだろう？」

「でも、誰かがやらないといけませんし、私は代役ではありますが責任者です」

「ならミスト爺に任せるといい」

そこまで話すとミスト爺も察したのだろう。深く頷いているのが見えた。

「そうじゃ、そういう交渉役は儂の得意分野じゃけえのう」

「そうなのですか？」

聞き返すキサラギに、何故かミスト爺の代わりにマイロンが答える。

「うん。僕は何もしないし、何かするつもりもないけど、ナイチンゲールとリトルグレイとミスト爺がいれば何とかなるよ。必要なことがあるならミスト爺に指示するんだ」

そこまでマイロンが言い切ると外で妙な機械音がした。

警戒したキサラギは慌ててテントの外に出る。

そこでとんでもないものを目にして思わずキサラギは小さく声を上げた。

巨大なロボットが存在していた。両手両足をついた機体は、最小型の宇宙船と同じくらいの大きさだ。薄い青と白色で、ロケットを横に倒して手足をつけたみたいだ。どこかトカゲに似ている。

ナイチンゲールの上部が開き、そこからミスト爺が現れた。ゆっくりとした動作で地上に降り立つ。

警戒する必要はないようだ。キサラギは彼に近づくと、ほっとしながら話しかけた。

「ええと、ミストさん、初めまして、あなたは何かしら慈善事業の業務に携わっていた方なんですか？」

「初めまして。嬢ちゃんと同じ地球人じゃ。それと違うぃね。儂はただの整備士じゃ。じゃが、まあマイロンと違って交渉分野は何度も経験あるぃね」

ミスト爺の自己紹介に軽薄な口調でマイロンが口を挟む。

「おやあ、お優しいことで。もしや可愛い女性だからって手を抜いているのかい。気にせず、いつものようにお金をせびればいいのに。彼女、困っているみたいだから、君がちょっと脅せば、それなりに出すんじゃない？」

マイロンの言葉通りなら彼もなかなか癖がありそうだが、キサラギはあえて曖昧に笑みながら受け流す。初対面でのイメージをあえて悪くする必要はない。

そんなキサラギの様子を見て安心したのかミスト爺は人なつこい笑みを浮かべながら額についた油を拭った。彼の顔の横にはホログラムモニターが表示されており、リトルグレイの姿が映し出されている。

「その子は……？」

キサラギの声にキュイとリトルグレイが鳴く。彼の代わりにマイロンが説明した。

「リトルグレイ、ナイチンゲールの生体ユニットだ。彼がいてくれるから大抵の手術は何とかなる」

「そうですか。生体ユニット……？　この機体は地球製ですよね……」

「よく知っているね。地球製旧型医療ロボを改造したものだよ」

マイロンの返しにキサラギは少しだけ眉根を寄せた。そんな反応を面白がってかマイロンはケラケラと笑いながら言葉を続けた。

「……ああ、生体ユニットを加える機能は、あの表面上だけ人道的な地球が造り出すわけがないだろう。僕がミスト爺に頼んで付け足したものだから、地球に対して悪印象を抱くのはやめてくれ」

元々キサラギは地球に対して、あまり良い印象を持っていない。それを見透かされたみたいでキサラギは顔を大きくしかめる。マイロンは乾いた笑みを浮かべて言った。

「違ったのかい？　君みたいな優秀な地球人がこんな辺境惑星に来る理由なんて、どうせ地球にいづらい事情があるからだと思ったけど？」

わざわざわかっている上で口に出すなんて、相当嫌な奴だとキサラギはマイロンに対して悪印象しか持てない。不快になりつつあるキサラギの空気を察したのか、マイロンは唐突に話題を切り替えた。

「さて、ここまでで僕たちの自己紹介は済んだけれど、他に何か聞きたいことはあるかい？」

何もない。

沈黙するキサラギを一瞥してマイロンは言い切った。

「診断に時間をかけてもいいけど、交流に時間をかけてはいけないよ。気持ちはわかるけれどね。さて次の段階に進もうか」

◆

星境なき医師団には、物資の調達や輸送を担当する『ロジスティシャン』、財務や現地での採用を仕切る『アドミニストレーター』がいる。

だが現在、人手不足が酷く満足に機能していない。

ここで長く活動しているキサラギがいなければ指示系統は滅茶苦茶になっていただろう。

忙しくしているとキサラギは小テントの横で呆けたように座り込んでいるマイロンを発見した。どうやら植物硬化病の患者たちを遠目に眺めているようだが、キサラギからしてみると、さぼっているようにしか見えない。

そういえばマイロンについて現地スタッフから悪い噂も聞いている。苛立ちを堪えつつキサラギはマイロンに近づいた。

「……先程は助かりました。ありがとうございました。……そうはいっても、まだ手術を要する患者はいるのですが」

そう言うキサラギにマイロンは微笑（ほほえ）みながら言い返す。

「だからリトルグレイとミスト爺に言うといい。ナイチンゲールさえあれば大抵の治療は何とかなる。僕に言うな」

「……それを他のスタッフにも言っているんですね」

苦々しい口調で言うキサラギに彼は明るい声で返事した。

「おや、苦情でも来たのかな？　ああ、何人か追い返してやったよ。七日しかないし僕は僕の仕事に集中したいからね。しかし、外科医と麻酔医は……緊急手術をしているとして、ろくにスタッフコーディネーターの姿が見えないようだけど」

「……みな、植物硬化病の対応に追われて出払っています。本来ならチームで動くのが当たり前ですが、あなたの言う通り、うまく連携できていないのです」

「だがこんなキャンプもどきの医療施設に君のような、か弱そうな可愛い女の子をそのまま残しておくなんて。下手すると君も危険にさらされるだろうに」

キサラギはぎくりとした。痛いところを突かれたからだ。咳払（せきばら）いしつつキサラギは反論する。

「……こ、こう見えても身を守る術（すべ）は持っていますし、当然、現地スタッフはまだ残っています。ただ忙しくて円滑に業務に手が回らないだけです」

「へえ、僕に話しかける余裕はあるくせにね？　それで医療業務のほとんどをナイチンゲールに投げているんだから世話ないよねえ。ああ、別に皮肉でも何でもないよ。事実を述べただけで他意はない。僕はとても大きくて我儘な病の面倒をみなければいけないんだ。それも限られた時間内でね。だから少しだけ愚痴を言いたくなるのも仕方ないよね？」

そうマイロンに言い切られて、キサラギは顔を苦々しく歪めて言った。

「我が儘なこ？　……植物硬化病のことですか。あなたが一人頑張ったところで、しかも七日でどうにかなるような病気だとは思いませんが。広がるだけ広がって、止められません。感染者の数も爆発的に増えています。この宇宙航路が広がった時代に感染者の流出も止められるとは、とても。……もちろん悲観的なことばかり言いたいわけではありませんが。一人では現界があります。だからこそチーム内での協力を……」

「それはもういい。それに、これは異星人を媒体にした感染症じゃない。その証拠に、あくまでこの銀河内だけに収まっている。もしも感染者がキャリアで二次感染をするというなら他の銀河に広がっているはずだ。君の言う通り人の流出は防げていないんだからね」

キサラギはチーム内での協力を求めているのにマイロンは感染者の増加について話を逸らしている。まったく話が噛み合わない。

マイロンとの会話を諦めて沈黙したキサラギに対して、彼は何故か嬉しそうに声を弾ませる。

「さて、これでまた先に進めるね。それとも他に意見はあるかい？」

「意見はありませんが……それでは実際に間近で患者を看てくださいませんか。植物硬化病の患者を」

キサラギは立ち上がり愉快そうに口元を歪めているマイロンをテントに案内した。

数分後、マイロンはすぐにテントから出てきた。キサラギも慌てて後を追いかける。

「信じられないな、半分くらい違う症状の患者じゃないか。いくら植物硬化病の感染源が不明で血液検査などでは不可能、症状で判断するしかないといっても、いい加減すぎて笑えてくるね」

そうマイロンがぼやいたので興味深く思い、横に並んだキサラギが彼の顔を覗(のぞ)き込(こ)んだ。そんなキサラギの様子が気になったのかマイロンが尋ねてくる。

「なんだい？」

「どうしてそんな顔ができるんですか」

重く息を吐き出してキサラギは告げた。

マイロンの表情は死を待つ患者を看てきたものではなかった。それどころか、まるで大事な宝物を見てきたかのように眩(まばゆ)く輝いていた。テントの中は淀(よど)んだ空気のたまり場で、キサラギの心にも泥を残してしまっているのに。

マイロンは不思議そうな顔で首を傾(かし)げて沈黙で返してくる。

キサラギは暗い目をして言葉を続けた。

「酷い空気だったのでは？　まだ彼らの治療手段は確立されていません。彼らは緩やかな死を待つのみです。誰もそんなことを言いませんが……テント内は絶望に満ちあふれている。あの中に入ったものたちは、みんな、世界の終わりのような顔をしてテントから出てきたのに。何故、あなたは、そんな輝くような顔ができるのですか？」

　マイロンが口元を弛めてキサラギの顔を覗き返す。彼女は驚いて身を引いた。

「な、なんですか、その顔は」

「君だって諦めていないんだろう、病（かれら）の声を聞くことを。だから僕が七日しかいない総合診療医なのに期待を無意識に押しつけている。君が一体、僕にどんな望みを託して特別な想（おも）いを抱いているのかは知らないけど、病（かれら）の声には等しく気遣いをしてあげるべきだ」

　諦めていない。その通りだ。

　また見透かされた。羞恥心に似た感情を押し殺してキサラギは誤魔化（ごまか）すように言う。

「あ、あの、……わ、わけがわからないのですが。前も言いましたが、かれらとか声とか、何ですか？」

「君にはわからないのかい？　大丈夫だ、君ほど準備周到で清廉な子なら、すぐに聞こえるようになるさ」

　そうマイロンが言ったのでキサラギは複雑な顔をした。やはり意味のわからないことを言っている。

そんなキサラギたちを見るに見かねたのか、近くで現地スタッフと会話をしていたミスト爺がやって来た。嘆息しながらキサラギに話しかけてくる。

「おおい、嬢ちゃん。気持ちはわかるがマイロンと会話をせんほうがええ。呑み込まれるぞ、色んなもんが。人生が台無しになるいね」

「そうは言われても。仕事仲間ですから、交流は大切です」

キサラギは真面目な顔をしてミスト爺に答えた。ヤレヤレといった様子でミスト爺は彼女に言い返す。

「マイロンと真っ向からそういう会話をするとおかしくなるぞ」

「なら、あなたはおかしくなっているのですか？」

「儂はとうの昔にマイロンとまっとうな会話をすることは諦めておるわい。しかし嬢ちゃん、なかなか言うのう。外見と言動に差がある子は嫌いじゃないいね」

そうミスト爺に言い切られて、キサラギは顔を小さく歪めた。

「お姉ちゃん」

そんな彼らの会話に割り込んだのは少女だ。

現地の異星人だ。破れた衣服を身に纏い、薄青の肌を晒している。見るだけでわかるほどに彼女は重度の植物硬化病だ。

「ルナちゃん、駄目でしょう。寝ていないと」

キサラギは彼女と目線を合わせるように屈んで言った。

少女ルナは無邪気な笑みを浮かべて答える。

「だってまだ身体が動くもの。私もお姉ちゃんのお手伝いがしたいの。新しい荷物が来たみたいだから一緒に運ぼう！」

「いい子じゃのう。じゃが大人しく寝ときんしゃい」

ミスト爺が声をかけるがルナは聞く耳を持たないようだ。

「だーいじょうぶ！　動けなくなったら、ちゃんと言うから。少しでもみんなを助けたいの。お姉ちゃんみたいに誰かを助ける存在になりたいの」

皆、沈黙した。

植物硬化病の治療方法は確立されていない。彼女を待ち受ける運命は残酷だ。ゆえに今は彼女の好きなようにさせたほうがいいと思っているのだろう。何もできない歯がゆさにキサラギは唇を噛む。

マイロンはルナの手を取った。少女は怪訝そうな顔をしていたが大人しくしている。彼は彼女の背中の辺りを衣服ごしに触り始めた。

「背中の辺り、症状が酷いね。なるほど、呼吸も少しだけ辛（つら）いんじゃないかい。激しく動き回るような運動はやめるんだ」

くすぐったそうに身を捩るルナはマイロンを見上げて言ってくる。

「ものを運ぶくらいはいい？」

「そのくらいなら。今の君には血栓ができていても不思議ではない。何か幻覚を見たり、少しでも痛みを覚えたなら、寝ていたほうがいいね。個人的には七日は頑張ることをやめてほしいけど……君の人生さ、好きにするといい」

「お兄さんのいうことよくわかんないけど……どうして七日なの？」

「僕はお医者さんでね。その間に僕が、この病気の治療法を見つけ出すからさ」

「すごい。お医者さんって神様みたい」

ルナは柔らかに笑った。

この星にも神と呼ばれる存在がいる。宗教的なものはどうでもいいけれど、彼女の支えになれるのなら何でもいい。幼い少女をどうか助けてほしい。そんな神頼みをしながらキサラギは苦笑してしまう。そうしてキサラギはマイロンを見ながら尋ねた。

「今ので、そこまでわかったんですか？」

マイロンは彼女を問診して、現状をあっという間に導き出したのだ。

キサラギにとっては驚くべき事実だった。

「当たり前だろう。病の声が君には聞こえなかったのかい？　大きな声で悲鳴を上げていただろうに。早く自分に気付いてほしいと、誰か助けてほしいと。……僕は病の期待に応えなければいけない」

だが彼から返ってきた言葉はまったく意味不明のものだった。

どう答えていいかわからずキサラギは嘆息混じりに言った。

「……応えなければいけないのは患者の期待でしょう？　かれらとは患者のことですか？だとしても、あなたの言葉では意味が通じないのですが」

「君、何を言っているの？　全然駄目駄目だね。ホント意味がわからないよ。もう少し勉強をしようよ。何のために看護師になったんだよ」

意味がわからないのはこちらのほうだ。

即答で叱責してきたマイロンに、キサラギは眉根を寄せて、ミスト爺に顔を向けて助けを求める。

ミスト爺がため息をつきながら言ってきた。

「じゃけえ言ったじゃろうが。マイロンと話していると頭がおかしくなるんよ」

◆

一日目、マイロンは星境なき医師団の医療施設、運営形態を確認して終わったようだ。

二日目、マイロンは医療施設にある植物硬化病のデータ整理をしていたようだ。

残された日数は、あと五日しかない。

マイロンの様子をはらはらしながらキサラギは観察していた。本当にこんな調子で限られた期間内で植物硬化病を治療できるのだろうか。キサラギは心配になってきた。

真夜中だというのにナイチンゲールでは手術が行われている。キサラギは夜勤担当ではないため翌日に備えて休むように周囲から進言されていたが、気になっていたのでナイチンゲールのもとに様子を見に行った。

マイロンはナイチンゲールの傍、機体に寄りかかった姿勢でホログラムモニターを眺めているようだ。ナイチンゲールから離れられないのは燃料の消費を抑えるため、ナイチンゲールとの通信可能距離を狭めているからか。ナイチンゲールに入れないのは、今もなお、中でリトルグレイによる緊急手術が行われているからだろう。

マイロンが整理してくれた情報はキサラギも参照できたため、改めてその内容を思い返した。

植物硬化病の感染源は菌の一種であることには違いないが、この菌が一体何なのかがわからない。一体、どこから来たのだろうかさえも。ただ異星人を媒体にしておらず、異星人に感染した途端、感染能力が失われている可能性が高い。

医療施設に運び込まれている患者で症状の酷くないものたちであっても、生検には脊髄を切り開く必要があるため危険性が大いに伴う。

そういった状況にマイロンは悩んでいるのだろうか。声をかけようとキサラギは彼に近づこうとしたその時、ミスト爺が姿を見せる。

どこか緊張を伴ったその様子にキサラギは立ち止まった。つい身を潜めてしまう。

ミスト爺はマイロンに話しかけた。

「今日も十人亡くなったぞ、マイロン。今日で二日目も終わる。植物硬化病の進行はこんなにも速いのか」

「速くないよ。どうせ亡くなったのは子どもが中心だろう？　ミスト爺。しかし珍しいね、君が僕に愚痴を漏らすなんて。何かあったのかい？」

「たまたま、お前の姿が目に入ったから声をかけただけっちゃ」

「……へえ」

そう低く返答するマイロンの声にミスト爺は両手を挙げて言った。

「わかった。儂の負けじゃ。本当のことを言ういね。……子どもが死ぬのを目の当たりにするのは、どのような異星人であっても辛いだけじゃ。気が滅入るんよ」

「いつもはもっと金になりそうなことに興味を持つからね、君。大人しくしているから、おかしいとは思っていたよ」

マイロンは馬鹿にするような口調だ。

「珍しく感傷的だね。それはそうと……ミスト爺、この細胞片をナイチンゲールに転送してくれるかい？」

マイロンは小瓶をミスト爺に渡す。彼は「自分でやれ」というような視線を送りながらも頼まれたことを作業している。彼の愚痴はまだ続くようだ。

「……本当に酷いのう。今まで渡り歩いた惑星の中でも子どもがようけ死んどる」

「ミスト爺は難しく考えすぎるんだよ。だから生命体の死に苦痛を覚える。確かに病（かれら）の死は辛い。声を出すことすらできなくなるのだからね。病（かれら）の声をもっと聞きたい僕の身も、同時に引き裂かれるように苦しくなるよ」

「あのな、マイロン。儂は真面目な話をしておるんじゃが」

呆れた声を出すミスト爺にマイロンは真面目な顔を向けて言う。

「心外だな、僕も真剣だよ。だからもう少し深く掘り下げて君とお話ししよう」

皮肉げに口元を歪めたマイロンを見てミスト爺は嫌な予感を覚えたようで顔を引きつらせたが、もう遅かったようだ。マイロンは首を小さく傾げて口を開いた。

「ミスト爺、子どもを特別視してはいけないよ。そうして、それを植物硬化病（かれら）のせいにしてもいけないよ。子どもの犠牲が多いのは単なる栄養失調による免疫疾患が原因だからね。勘違いしては駄目だ」

キサラギはマイロンの説明に顔をしかめた。

マイロンの言葉は医療施設の環境が子どもにとって不十分であることを示していた。

キサラギのような地球人同様、この星の生命体には共通して必要な栄養素が存在する。エネルギー源となるアミノ酸に、微量栄養素とされるビタミンとミネラルだ。

そして栄養失調には主に二種類ある。

一種類目はアミノ酸が長期間欠乏して、筋肉が落ちていき、胃腸の働き、消化吸収が阻害され、体重や抵抗力の減少が起こるものだ。この状態で感染症にかかると悪循環だ。身体の機能が落ちていき、そのうち死ぬだろう。

もう一つは微量栄養素の欠乏によるものだ。徐々に身体のあちこちの正常な機能が失われていく。ビタミンの欠乏による失明はもちろん、怪我をしても治りにくくなり貧血が起こる。

もちろん異星人の種類により、この二種類は更に細分化されるが、おおまかな意味合いとしてはこのような内容だ。

どちらも免疫が低くなり感染に対する抵抗力が減って、様々な病気にかかりやすくなる点では同じだ。

この星では、まだ星間紛争が続いており、子どもたちも戦の犠牲となってしまっている。だが、そんなのは特別視するものでもない。紛争地域ではよくあることだ。キサラギはそれを受け入れられないでいるがマイロンは違うようだ。

マイロンはミスト爺に、この状況を特別視するなと言いたいのだろう。

「どんな宇宙に住む生命体であれ、人型であれば基本的な身体構成は同じことが多い」

マイロンは小さく肩を揺らしながら言った。

「君は子どもが絡むと冷静さに欠ける傾向にある。気をつけることだね。常に同じ目線で視ないと、そのうち足下をすくわれるよ」

「どういう意味なんか」

マイロンの言葉にミスト爺が少しだけ眉を上げる。苛立っているようだ。マイロンはそんな彼に気付いている様子を見せながらも構うことなく言葉を続けた。

「子どもを特別に哀れむのはやめたまえ。先日会った子を思い出すんだ。彼女はあんな状況ですら、無闇(むやみ)に卑下することなく生きている。彼女たちにとっては当たり前の日常なんだよ。なんてことなく笑みを浮かべることのできる、許容性の広さと精神性の強さに敬意を示すべきだと思うがね」

彼女とはルナのことだろうか。意味不明な言動を繰り返すマイロンだが子どもの気持ちを感じ取ることはできるようだ。

「偉そうなことを言うておるが、儂はお前との付き合いが長いゆえに、わかるぞ、マイロン。お前の真意がな」

一息ついてミスト爺は言った。

「お前にとっては子どもも大人も関係ない。患者という生命体に対して、どうでもいいと思っているから、そんなことを言えるのじゃろうが。下手に子どもを気にして儂の集中力が落ちて仕事の質が落ちるのが嫌なだけじゃろう」

まさかそんな、とキサラギが驚いているとマイロンはあっさり頷いた。

「そうだよ。だって生命体は病を宿す器であって、それ以上でもそれ以下でもないからね。だから哀れむなんて感情を持つことこそ馬鹿らしい」

「そこまではっきり言われると何も言えなくなるのう」

「子どもたちを助けたいかい？」

ミスト爺に近づいたマイロンは薄く笑って彼の顔を覗き込む。ミスト爺の返答を待つまでもなく彼の答えは出ているとわかったのかマイロンは間髪を容れず言葉を続ける。

「手はあるさ。……先日会った子、ルナだったっけ？　被験者として取り入れたい。彼女はとても生きのいい異星人で、植物硬化病の浸食具合もちょうどいい塩梅だ。あの異星人の中には僕の求める病が存在している可能性が高い。僕に病の本音を教えてくれるかもしれない素晴らしい素材だよ」

「具体的に何がしたいんじゃ」

「生きたまま切り刻みたい」

「……唾棄すべき屑め。返答するだけの価値もないわい」

ミスト爺は頭を振った。

仕方ないといった様子でマイロンはポケットから一枚のカードを取り出して彼に見せつける。

「じゃあ、もう一つ。どうやら政府軍も植物硬化病を調査しているみたいでね。ここに色々なツテを使って入手した実験施設のカードキーがある。忍び込んで、実験データを入手してくれないかなあ？」

「さすがの儂も、そこまで堕（お）ちちゃおらん」

吐き捨てるようなその物言いがおかしかったのか、マイロンは笑いながら言う。

「そうかい、こっちも駄目かい、残念。……でも、その気になったら、いつでも声をかけてくれると嬉しいよ。僕は病（かれら）の味方だから、病（かれら）の声を聞くためなら分け隔てなく何でもやるさ」

「そんな性根じゃけえ滞在期間に制限がかけられるんよ」

ずいぶんな言いぐさだがそれが真実なのだろう。マイロンは頭がおかしいと、キサラギは身にしみて実感している。

捨（す）て台詞（ぜりふ）のようにマイロンは告げた。

「……………ミスト爺。僕はこの病気の正体には大体見当がついている。あとは周りを固めて当たりをつけるだけだ。そのためには多少乱暴なことも必要なんだよ。覚えておくといい。君は必ず自ら進んで僕に協力するだろうね」

重たい沈黙が生じる。

キサラギはそっと、その場から離れた。

マイロンは冷静だ。それでいて正気ではなく患者のことなど何も考えていない。

更に言うとミスト爺との仲も険悪だ。このままでは医療チーム内での軋轢（あつれき）が増えるばかりで、とても植物硬化病の治療方法を確立するどころの話ではない。

何か手を打たなければとキサラギは感じていた。

◆

三日目。

キサラギの食事は、星境なき医師団から配られた栄養剤ではなく現地のものを摂取することにしていた。

毎日、若い現地スタッフがテントから少し離れた人里・第四地区にある簡易レストランハウスで料理を作ってくれている。メインの食材はキャルと呼ばれる甘みのある野菜だ。葉も根も茎も全部食べられるため重宝されていた。それに自然環境の劣悪なこの星でも十分に育ってくれるようだ。

今日、レストランへ向かったのには食事以外にも幾つか目的があり、第一の目的については既に達成済みだ。

　昼休み、キサラギはテーブルについて食卓に並べられた料理を眺める。キャルの葉とスパイスを混ぜた真っ赤なスープに、粒々の穀物の上に砕いたキャルの根を振りかけたもの。質素だが現地の特色がよく表れている。

　向かい側にはマイロンが座っていた。嫌がられて別のテーブルに移られるかと思ったが、彼は大人しくしている。

　マイロンはスープを飲みながらキサラギに話しかけてきた。

「……ふむ、黙っていないで何か言いなよ。僕と対話をしたいんだろう？」

「そうですね。……あと五日もありませんが植物硬化病について何かわかったんですか？」

「うん、どう答えたら君は食事を食べ終えて席を立ってくれるのかな？」

「私と話したくないんですか？」

「そういうつもりじゃない。……言い方が悪かったね。君と対話をするにしても、それはあの病のためじゃないと無意味だ」

「あのこ？　ちょっと意味がわかりませんけど、そんな風にずっと植物硬化病のことを考えているんですか？　あなたが来てくださったおかげで、滞留していた仕事はあっという間になくなりました。それだけで十分とは言いませんが……」

「君は僕が治せないと思っているのかな？」

マイロンは長ったらしい会話は好きではないようだ。

単刀直入に話題を切り出してくる。

「……ええ、思っています。少なくともあなたの力だけでは」

キサラギは目の前にある食べ物に手をつけることなく、マイロンを真っ直ぐに見つめながら尋ねた。

「どうして、あなたは滞在期間に制約をかけられているんですか？」

「悪名高い僕のことは銀河クラウドのデータベースから情報を抽出すればわかるだろう。わざわざ本人から聞くなんて……嫌がらせかな？　僕からしたら、何故、そんなことを聞くのか不思議でならないよ。病の本音には関係のないことだろう」

「かれらの本音とやらはよくわかりませんが、一緒に仕事をする上で人間関係を円滑に進めたいだけです」

わざとらしい咳払いをしながらキサラギは言葉を続ける。

「はっきり言いますね。あなたを悪く言う人がいます」

僅かに顔を伏せて、ぎこちなく彼女は言った。

「多分、あなたがよくわからないことばかり言うので、気に障る人がいるんだと思います。ですが、足の引っ張り合いをしても無意味でしょう。それにあなたには能力もある。少しだけ歩み寄りの姿勢さえ見せてくれれば、空気は変わると思うんです」

「たかが七日しかいない人材に、そこまでの価値はあるのかい？」

「あると思います」

キサラギはすぐに顔を持ち上げて即答する。

「……ふぅん、言うねえ。初対面なのにずいぶん僕を買ってくれるんだね」

本当は、彼とは初対面ではない。

だがそんなことを急に言っても彼はそれが何だと一蹴するだろう。

それに今回の説得の材料にはならない。下手すると面白がられるだけだ。今は話題に出さないほうが賢明だろう。

そう、植物硬化病に苦しむものたちのため、マイロンの協調性のなさをどうにかしたいための機会なのだ。自分のことを話すときではない。

そうキサラギが悩んでいるとマイロンも怪訝そうな顔をしだした。彼が戸惑いを見せながら口を開きかけたその時、悲鳴と怒号が混ざった声が近くから聞こえてきた。どうやら政府軍に抵抗する武装勢力の襲撃のようだ。最近、武装勢力は銀河を騒がせるテロリストと組み、勢力を増しており、テロリストから武器の輸入も頻繁に行い武力の増強に励んでいるとも聞く。音からすると大分距離は近い。このレストランに入ってくるのも時間の問題だろう。

キサラギの予想通り、襲撃者たちが荒々しくレストランに入ってきた。レストラン内に緊張が走ったのは一瞬、直後、混乱した人々が逃げ惑いはじめた。

気になるのは、武装勢力の格好だ。何故か防護服に身を包み、武器は銃のみだ。あまりに武装が薄すぎる。一体、何を企んでいるのだろうか。

武装勢力の襲撃自体は荒廃した星ではよくあることだ。

この場合、訓練を受けていないキサラギは足手まといだ。マイロンを助けるだけの力もない。一人で逃げるのが最適解だろう。マイロンを一瞥すると腕に巻いた時計のような機器を操作していた。キサラギには彼の安全を祈るほかない。

立ち上がり逃げ場を探そうとしたキサラギをマイロンが腕を掴んで引っ張った。

驚きに目を瞠る彼女にマイロンは「僕の傍にいるのが一番安全だよ」と囁いてくる。狼狽するキサラギをマイロンは放置してホログラムモニターを表示し、リトルグレイと通信しだした。

「誰がどうかは言わなくてもわかるだろう？　第四地区にいる敵全てを攻撃対象にしてくれ。とりわけ僕の周辺は酷くやっちゃって構わないよ。……ああ、それと未知の物体も対象外にしてくれ」

マイロンとキサラギ、レストランにいる客の周囲に薄く青い膜が張られる。

「これは……？」

キサラギが小さな声で尋ねるとマイロンは淡々と答えた。

「僕たちの身を守るシールドだよ。ナイチンゲールの援護と思えばいい。……おっと、本体が来たみたいだね」

ついで全速力でやってきたナイチンゲールがレストランの屋根をぶち破り、降り立った。前方から両腕のようなアームが出てきて四足歩行の獣に似た形態に変化する。機体の背中が開き、ミサイルの射出口が伸びてくる。驚く襲撃者たちに向け、小型ミサイルが発射された。

光と爆音はすぐに消えていく。クリアになった視界には跡形もなくバラバラになって死んでしまった襲撃者たちと無惨に壊れてしまったレストランの様子が広がっている。青いシールドは、すっと消えた。脅威は去ったのだ。

マイロンの言葉から察するに攻撃範囲はレストランだけではない。第四地区内のあちこちで同様のことが起こっているのだろう。キサラギは外の様子を窺う。爆音や破壊された建物が見える。この青いシールドがある限りは人の命に危険はないだろう。そうはいっても復興のことを考えると頭が痛くなるが。

「……ナイチンゲールは医療ロボと聞いていましたが」

呆れ果てたキサラギは言う。マイロンは肩をすくめて教えてくれた。

「自衛機能もついている医療ロボさ。こんなご時世、何があるかわからないしねえ。患者を運んでいるときに邪魔されても困るし？」

「……私の記憶している限りでは、元々の地球製のこれには、そんな機能はついていなかったはずですが。ミサイル？　なんですかこれ？」

「だから元々のそれはリトルグレイを生体コアにするようにはなっていなかっただろ。君は何を言っているんだ？」

「さすがに改造しすぎでは？　フォルムが残っているだけで元の形の痕跡がどこにも見当たらないのですが」

「フォルムがあれば十分だろう。……それより……」

そう喋(しゃべ)りながらマイロンは襲撃者へと近づいた。

「僕は彼らが何故、あんな防護服を纏っていたのか気になっていてね」

襲撃者の足下に転がった試験管のような容器を拾い上げる。がんじがらめに蓋を縛ってあるそれを、顔の近くで軽く振ってみせた。

「なるほど。ずいぶん物騒なものを持っているね」

「それは何ですか。液体に見えますが」

「武装勢力に液体物。君も簡単に連想できるだろ？　その正体を」

マイロンはキサラギの問いに笑いながら答える。

キサラギは顔を強張(こわば)らせて、唇を震わせた。

爆弾か何かだろうか。どちらにせよ人を傷つけるものに違いない。キサラギは慌てて携帯端末を取り出した。今回の騒ぎが組織的行動なら他の地域にも影響が出ている可能性がある。もしかしたら本部から連絡が来ているかもしれない。

そんなキサラギの予想は当たったようだ。

各地で起こっている騒動はキサラギの顔をしかめさせるのに十分な内容だった。

マイロンは言葉を続けた。

「詳しくは分析しないと……」

「いいえ」

キサラギは携帯端末の画面をマイロンに見せながら言った。

「分析しなくても、ある程度はわかりました」

キサラギは焦燥感を滲ませて返す。

携帯端末画面を見たマイロンは思わず声を漏らしていた。

「これは……」

◆

無事に医療施設に戻ったキサラギは現地スタッフの用意したラジオを聴いていた。

「テロリストの作った新たなウイルス兵器は、この銀河内のあちこちの武装組織の手に渡り、同時刻にて、各星々に甚大な被害を与えました……」

同時にキサラギは携帯端末を操作して、このウイルス兵器の被害にあった人々の画像を検索した。

無惨に肌が茶や緑の入り交じった色と化して硬くなっている。黒ずんで明らかに壊死寸前のものもあった。

「被害者の肌は硬化し、麻痺して、最後には壊死してしまい、その壊死は身体全体に広がって最後には死んでしまう……わぁお、まるで今、流行りの植物硬化病みたいだね」

急にかけられた声にキサラギは顔を上げた。マイロンだ。

キサラギは唇を強く結んで顔をしかめて言う。

「……そんな風にあなたが言うと、植物硬化病と、この新しいウイルス兵器が関連あるように聞こえるのですが」

「そんなわけないだろう。あまり僕を馬鹿にするな」

そう言ってマイロンはキサラギを侮蔑したような目で見てきた。

急に感情を荒立てられても反応に困る。

そう感じながらもキサラギは、そんなマイロンの態度に釈然としないものを覚えるのだった。

◆

四日目もキサラギはマイロンの状況を見ていた。患者からのヒアリングや今まで入手した情報の整理、キサラギとのディスカッションで終わったようだ。何の進展もなしだ。

五日目、マイロンは星知事に呼ばれて首都マスクへとやって来ていた。この星知事の直々の名指しであったため、さすがのマイロンも無視できなかったようだ。

ちなみにキサラギも同行している。キサラギ自身の希望だ。長くこの場所で貢献している自分だからこそ力になれることもあると考えたからだ。

荒れ果てたテントだらけの医療施設とは異なり、首都マスクはしっかり金のかかった建築物が多い。大気調整もされているのだろう。あんなに暑苦しかったのが嘘のようだ。

呼ばれた場所は一際高いビルのてっぺんだ。マイロンは悪趣味さにげんなりしているようだ。顔に出ている。彼はゆっくりと分厚い扉を開いた。

「やあやあ、わざわざたかが星境なき医師団の一員である僕なんぞをお呼びくださり、光栄です。ありがとうございます」

マイロンは演技臭い態度で、長机に偉そうに座っている男たちに話しかけていた。

「私たちの言いたいことがわかるかね」

一番遠い場所に座り、そう話しかけたのが星知事だ。

キサラギも定期報告の場で何度か挨拶したことがある。彼は青い肌に、この惑星特有の黒い正装を身につけている。

「星境なき医師団の活動にご助言をくださるのでしょう？」

そう答えたマイロンを見て星知事はため息をついた。軽蔑したような眼差し（まなざし）を送りながらマイロンに言ってくる。

「植物硬化病はテロリストの作ったウイルス兵器の亜種というのが我々の見解だ」

キサラギは言い返そうとした。調査もしていないのに乱暴すぎる。キサラギがマイロンに視線を注ぐと、彼は淡々と言葉を発した。

「正式な調査もせず分析結果も待たずに、そう判断するのは早計だと思いますけどね」

「その可能性が高い、と言っている。君には、そう診断するため協力してほしい」

「結果ありきの調査はよくないと言っているんですけど？」

「君も結果ありきで考えているのだろう？　これはウイルス兵器ではない、と。違うかね。だから我々の指示に従わず独自に患者を看ているのではないか」

キサラギは不快に顔をしかめた。どうやらマイロンの医療施設での行動を、わざわざ報告した輩（やから）がいるようだ。状況の精査をせずに、ややこしくするだけの行為に果たして何の意味があるのか。

星知事は苛立った様子を隠そうともせずに続けた。

「報告書もでたらめだ。こんな中身で我々を騙せるとでも？」

それは勘違いだとキサラギは心中にて呟く。

おそらくマイロンは騙すつもりもない。七日で騙すも糞もない。時間稼ぎさえできていれば十分だという程度だろう。

マイロンは星知事の言葉を沈黙で受け流す。

「悪名高い君に与えた期間は残り三日もない。たかが数日しか、この星にいないというのに、我々の指示は完全に無視をする。その行動こそ君の悪名を招いているものだと思わないのかね。そんな君に我々は七日も時間を与えたのだぞ。例えばナイチンゲールの技術を提供、もしくはそれができないにしても医療施設の改修拡大、医療人材の投入、医薬品の提供など多くの誠意を見せるべきではないのかね」

話が妙な方向に流れ出した。

今まで沈黙を守ってきたキサラギも黙っていられなくなり口を開いた。

「申し訳ありませんが、あなた方はそもそも誤解しています」

強い意志を込めた声が部屋に響く。

「私たち、星境なき医師団は、あくまで慈善事業であって何でもできる存在じゃありません。星間協力組織ではあるけれど民間営利によるものですし、無尽蔵にお金が出てくるものでもありません。あれやこれやとお願いされても困ります」

キサラギの発言に気圧された男たちだが、やがて星知事が奥歯を噛みしめて苦々しく言い出した。

「……悪名高いドクターマイロンを今すぐ星から追いだすこともできるんだがね」

横暴だ。元々あまり良い噂のない星知事だが、こんなことを言うとは思わなかった。いくら問題のあるマイロンだといっても酷すぎる。

「ほう、この植物硬化病を治せる僕を？」

だがキサラギの気持ちは杞憂だったようだ。マイロンはふてぶてしい笑みを浮かべながら言った。

「ああ、宣言しよう。治せるよ、この病気は。そこに至るまでの道筋はとうの昔に整えてある」

唖然とする男たちを前に言い切る。

「僕に任せてほしい。あと数日の辛抱だ」

「……もしできなければ、二度とこの星に入れないようにもできるんだがね！」

「構わないよ、好きにするといい」

星知事の言葉にマイロンは満面の笑みで返すと、そのまま素早く部屋を出て行った。慌てたキサラギが後を追う。

ビルの外に出た時点で、彼女は僅かに頬を赤くしてマイロンに話しかけた。

「自分たちは安全な場所で高みの見物。搾取することしか頭にないなんて。現地民の被害は増え続けているというのに気にも留めようとしない。糞のような政治家たちですね」

「政治の腐敗も命の軽視もどうでもいい。そんなことより僕は貴重な時間を余計なことに使われて憤慨だよ。時間の無駄遣いは大嫌いさ」

「マイロン、大変じゃ」

マイロンの目の前にホログラムモニターが出た。ミスト爺だ。焦った顔をしている。

「……あのルナという少女の容体が急変した」

「わざわざそんなことのために僕に連絡してきたのかい？」

マイロンが冷たく突き放すとミスト爺は顔を真っ赤にした。

「マイロン！」

ミスト爺が怒るのも当然だ。ルナの容体が急変したのなら医者として現状を確認する必要がある。それなのにマイロンは仕事を放棄している。

「いやだってそうだろう。子どもだけ特別視するならまだしも、彼女一人にそこまで固執する意味もあるまいに。君、だいぶ感情移入しちゃっているみたいだけど大丈夫？　その子、君の孫にでも似ている？」

マイロンは彼の怒声を受け流していた。

その後、ミスト爺も多少落ち着いたのか息も荒く言った。

「マイロン、お前は彼女をほしがっとったじゃろうが、このままじゃ……」

「もういらないよ。そんな状態なら、中の病は変質しきっている」

そうマイロンが答えるとミスト爺が、もの凄い顔をした。歯ぎしりでも聞こえてきそうな表情だ。小さく笑うマイロンにミスト爺が感情を押し殺したように尋ねてきた。

「……どのくらいもつ？　マイロン」

「とりあえず症状を転送してくれないかな。僕も神様……じゃないんだから患者を看てもいないのにわからないよ」

すぐにデータが送られてくる。患者のカルテに目を通したマイロンは言った。

「……そんなにもたないね。せいぜい二日かな」

「何が必要なんか、マイロン。この病の根源を見極めるには、なにをどこから持ってくればいいんね」

「話が早すぎるのも困るよ……そうだね。この子はどうせ死ぬし、もういらないけれど、別の子どもがほしい。身体を分析するための実験体として犠牲にしてもいいなら何とかなるかもしれないね」

「……すまんのう、マイロン。もう一度、言ってくれるか」

ミスト爺の地を這うような低い声にマイロンは口元を弛ませている。

「別の子どもでもいいから、幼い身体を切り刻みたいと言っているんだよ、ミスト爺？」

ミスト爺は沈黙した。

一触即発の雰囲気に緊張しているキサラギを気にも留めていないのか、マイロンは小さく笑いながら言葉を続けた。

「どうもね、この病（こ）たちは脊髄に集積するようだ。それが何なのかは、まだわからない。ナイチンゲールの分析には限度があるから、あとは身体を開くしかないんだよ。だから頼むよ」

「そうか、断る」

「だよねえ」

わかりきっていた返答だ。

マイロンは笑うのをやめてミスト爺と交渉する。

「じゃあ、手段はもう一つ。この間、君に提案したやつだよ。どうする？」

「……それなら……」

躊躇（ためら）いがちな肯定にマイロンはカードを取り出して小瓶に入れる。

一体、マイロンはミスト爺にどのような無茶な頼み事をしたのだろうか。あのカードは何なのだろうか。会話が終わったら問い詰めようとキサラギは考えていた。

「よしわかった。じゃあこれをナイチンゲールに転移しておくから好きに使うといい。君の自由意志にお任せするよ」

そうマイロンが言った瞬間、小瓶の中身がナイチンゲールへと転送された。

やがて疲れたような声がモニターから聞こえてくる。

「……わからんのう。無駄を嫌うお前が、何故、儂がどう答えるかわかりきった対話をしたんかい」

「そのうち、わかるよ」

それだけ答えてマイロンはモニターを切った。

さて会話も終わったことだから、そろそろこちらの相手もしてもらおうとキサラギはマイロンを睨(にら)みつけた。

キサラギは無表情ながらも侮蔑しきった眼差しをマイロンに向けながら質問する。

「今のカードはなんですか」

キサラギは心当たりがあった。あのカードは以前、盗み見したマイロンとミスト爺の会話に出てきたものだ。ある実験施設から情報を盗み出すなどと言っていた気がする。

「なんだろうね」

「ごまかさないでください」

マイロンはからからと笑いながら早足で医療施設への道を急ぐ。

「やだなあ、下手に知ると君も同罪になってしまうから、あえて知らせないようにしている僕の好意に気付いてほしい」

「そんな中途半端に情報を洩らしておいて好意も何もありませんよ」

そんな返答で納得できるわけがない。きっぱりキサラギは言いきった。

マイロンの前に立ちふさがるようにして彼女は先回りをした。そうしてマイロンを無理やり立ち止まらせる。腰に手をあてて尋ねた。

「……何を考えているんですか」

「僕の考えていることなど、ただ一つさ。病の隠している本音を聞き出したい、それだけだよ」

「質問を変えますね。そのために何をする気ですか？」

マイロンはだんだん愉快になってきたのか、目を輝かせながら彼女を見下ろして言う。

「……前にも言っただろう。僕はこの銀河中の感染経路をデータ化して整理したと。確かに、この惑星はとくに感染者が多い。そしてこの銀河内で広がっている流行り病であるにもかかわらず、他の銀河には広がっていない。それは何故なのか。……感染者のいる惑星には、どこかにミッシングリンクがあるはずだとね。そう考えているんだよ」

「それが今のミストさんの話とどう繋がるんですか？」

不思議な顔をするキサラギにマイロンは悲しそうに返した。

「情報が足りないんだよ。少しでも何かしらの新しいデータがほしいんだ」

「情報のためなら何をやってもいいと？　子どもを切り刻むとか言ってましたよね」

「それが一番手っ取り早いしね。そうすることで病の本音がわかったのなら、皆の命も救われる。何も問題ないと思うけど？」

飄々とした様子でマイロンが言うとキサラギはむっとした。

だがすぐに苛立ちを抑え込む。感情を荒立てても彼との会話は成立しない。淡々とした調子で口を開く。

「……なるほど、不法に情報を入手したいんですね。それをミストさんに頼んだと」

「ちなみに肯定も否定もしないからね」

「わかっています。だからこれは自分の考えを整理する独り言です。あなたはもう何かしらの予測を立てている。そしてそれは決してウイルス兵器ではない。……本当にそうでないと？　それは何故？」

そうして顎を上げてマイロンを見つめる。

ふむ、とマイロンは小さく頷いて尋ね返した。

「むしろ君がウイルス兵器の可能性を捨てきれないのは何故だい？」

「症状は酷似しています。ただ植物硬化病に壊死の症状はありません。あなたが違うと主張する理由も納得できます。とはいえ星知事や、保健担当職員の言う通り、まずは、そうではないと証明してから進むべきなのでは？　そうしたら危ない橋を渡らずに済むでしょう？」

方向性としては間違っていないはずだがキサラギの言葉にマイロンが沈黙している。ならマイロンは、もっと先を見て動いているのかもしれない。しばらく考え込んで彼女は目を大きく見開いて言った。

「……もしやミストさんが向かったのは政府軍の研究施設ですか。確かに彼らは何度か私たちに接触して患者の情報を入手しようとしています。私たちは中立の立場のもと波風立てないレベルで交流していますが……彼らが新しい情報を持っていると？」

マイロンはにやりと唇を歪めた。

キサラギの推測は当たりだったようだ。マイロンは満足げに情報をさらけ出し始める。

「そうだね。……僕はね、軍関係者の上層部に感染者が少ないのも気になっていてね」

「つまり、もうあちらは何が原因かある程度目星をつけているのでは、と。そう考えているのですか？」

キサラギの言葉にマイロンは満面の笑みで頷く。キサラギはふんと鼻を鳴らすと、そのままズンズンと進み始めた。

「なるほどわかりました。私も情報を入手するため、行きます」

「それはちょっと……」

マイロンがキサラギの腕を掴み歩みを止めつつ、苦笑して断ってくるので、

「でしょうね」

そんなマイロンの返答を予想したキサラギは振り向いて笑った。

すっと無表情に戻るとキサラギは告げる。

「あなたは私に最初に出会ったとき、信頼関係を築き上げるため、固い殻を被るべきではないと言いました。……ですが、殻にこもり、心を打ち明けていないのは、あなたのほうでは？」

「いや、だって、まだ会ってから数日しか経ってないから仕方ないよねえ」

「なるほど、そろそろミストさんの言葉の意味が理解できてきました。本当に矛盾だらけですね。まともに整合性を考えたら頭がおかしくなりそうです」

深く考えたら吐き気がしそうだ。キサラギは頭を振りながら吐き捨てる。

彼に信頼されていないだけだろうか。マイロンの場合はミスト爺にはさせてキサラギにやらせない、別の意味がありそうだと感じていた。

◆

その日、ミスト爺は戻って来なかった。

何か知っているはずのマイロンに、キサラギが尋ねてみても、

「あのカードキーのあれこれを調べるのに時間がかかっているのだろうね」

と要領の得ないことばかり言って相手にしてくれない。

「明日までに戻ってこないなら何かしら手を打たなきゃいけないかもね」

だが、六日目、そんな風に言ったマイロンの不安は杞憂に終わったようだ。

夜、とうとうマイロンの出立を明日に控えてしまい、彼の様子を見に来たキサラギは疲れたように足を引きずるミスト爺がナイチンゲールに向かって行くのに気付いた。慌てて彼の後を追いかけると、すぐにマイロンもミスト爺の姿を追い求めるようにナイチンゲールに入っていくのが見える。

キサラギはナイチンゲールによじ登り、扉の開閉部付近を確認する。鍵は閉めていないようだ。手動でハッチを開けてエアロックのエリアに入った。耳をすましても話し声は聞こえない。キサラギは再度、手動で扉を僅かに開けた。隙間から中の様子を見下ろしながら窺う。

操縦席付近に、苦痛に喘ぐミスト爺が座り込んでいた。マイロンを待っていたのだろう。真っ青な顔でマイロンを睨みつけている。

「教えてくれ、マイロン。あのカードキーで入れた部屋はなんなんよ」

「それは今の君の状態が答えを示しているだろう？　あそこにはね、政府軍が感染の元と疑っているもの全ての濃縮サンプルが保管されていたのさ。そこに君が無防備に入ったらどうなるか……ねえ？」

マイロンの言葉に、ミスト爺は自分の首元を慌ただしくなぞった。ミスト爺の首の後ろは変色している。木の幹に似た模様のような痣だ。

植物硬化病だ。彼は発症してしまったのだ。

「政府軍に見つからずにうまく逃げ切ったみたいだね。そこだけが心配だったけど。よくやったよ、さすがミスト爺」

「死ね。本気で死ね」

ミスト爺は怒りに唇を震わせながらマイロンに怒鳴った。

「お前の思惑がわかったわい。じゃけえ乗ってやるいね。儂の身体を好きなだけ使え、マイロン。それがお前のやりたいことじゃろうが」

「よく言ったね、ミスト爺。いやあ、待っていたよ」

マイロンはうきうきした様子で彼の身体をナイチンゲールの手術室に入れようとする。もう、これ以上は見ていられないと焦燥感に押されるようにしてキサラギは操縦室上部のエアロックから降りた。色々な事情のもと、キサラギの身体は頑丈にできているため、普通の人間より運動神経は良い。するするとキサラギはマイロンのもとまで壁をつたって近寄ると、彼を睨みつけながら言った。

「待って下さい、本気ですか」

「わあ、こんなところにキサラギさんが。仕事はどうしたの？　チームプレイが大事だから、今すぐ患者の待つテントに戻りなよ」

「今のあなたにチームプレイがどうのと言われたくありません。ミストさんをどうするつもりですか、ドクターマイロン。まさか本当に植物硬化病のために彼を実験体にするつもりなのですか」

早口で言うキサラギにマイロンは掌（てのひら）をヒラヒラさせて、外に出るように促しながら答えてきた。

「本人がやりたいって言っているんだからいいだろう。君も植物硬化病の治療方法を見つけ出したいんだろ？　……ああ、言葉を言い換えたほうがいいかい？　君もあの子どもを救いたいんだろ？」

「私が助けたいのは、この星で苦しんでいるものたち、全てです」

迷いのない透明な瞳を向けてキサラギは言い放つ。

患者に区別をつけるつもりはない。

「即答する辺り、好印象だね。そういう泥臭いスマートさ、嫌いじゃないよ」

「話は終わっていません」

手術室に入ろうとするマイロンを、まだ彼女は引き留める。

マイロンは舌打ちしながら言った。

「今、僕に必要なのは最短で病の根源を見つけ出す方法で、そうして君がするべき仕事は僕に文句を言うのではなく、効率よくミスト爺を切り刻めるように解剖の準備をすることじゃないかな」

これっぽっちも人への思いやりが感じられない。マイロンの態度に頭にきたキサラギは厳しく問いただす。

「あなた、本気で最低ですね。病気を解明することしか頭にないんですか」

「うん。そうだよ。僕にとっては褒め言葉だよ、それ」

腕を掴もうとする彼女の手を振り払い、マイロンは無理やりミスト爺を立ち上がらせる。

「さて、始めよう。ものは新鮮なうちがいい」

「……待って下さい。私も手術を手伝います。それならいいでしょう」

なおも食いつくキサラギをマイロンは好意的に受け取ったのだろう。小さく頷いて協力を受け入れてくれた。キサラギは手術のための準備をしながら、透明な窓ごしに手術室の中を確認する。

手術服も着ずに、そのまま手術室に入ったマイロンはリトルグレイに命じて手術台にミスト爺の身体を横たわらせる。ナイチンゲールの自動手術モードが起動したのか、瞬く間にミスト爺が拘束されて気管内挿管チューブが差し込まれて喋ることすら難しい状態になってしまう。

どうやら基本的に手術はリトルグレイに任せているようだ。そうはいってもキサラギでもできることはあるだろう。手術室に入ったキサラギは、ミスト爺に麻酔を送り込む前に話しかけようとしているマイロンを目にした。

「さて、ミスト爺、二度目の選択だ」

ミスト爺の憎しみに満ちた目を向けられ、マイロンは陶酔したような表情で言った。

「この病が脊髄に集積するのは説明したよね。だから君の脊髄を好きにしたいんだけど構わないよね？」

ミスト爺からの返答はない。

マイロンはあちゃあ、というような仕草で顔を掌で覆った。

「ああ、そうか、喋れるような状態じゃなかったね。すまない。リトルグレイ、彼の言葉を脳波から翻訳してくれないか」

すぐにホログラムモニターが浮かび上がり文字が表示される。

「屑が、マジ死ね……と。肯定と受け取ったよ、ありがとう」

何でも都合のいいように受け取るマイロンにキサラギは心底呆れ果てた。

◆

「ああ、やっぱりそうだった。ありがとう、ミスト爺。君の犠牲は無駄にしないよ」

あれから数時間後、満面の笑みで手術室から出たマイロンにキサラギは声をかける。

「やっぱりって何がですか？」

キサラギはずっとマイロンとともに手術を手伝っていた。ほとんどリトルグレイに任せて問題なくキサラギは立ちっぱなしの時間が長かったが、さほど苦ではなかった。

一刻も早くマイロンと会話をする必要があったからだ。

何故なら彼は満足そうにギラギラと目を輝かせていた。おそらく病気の原因がわかったのではないか。もしくは手の届く範囲まで来たのではないか。

キサラギの脳裏にテントの中で苦しんでいる患者の顔、やがては死ぬ病にかかりながらも今を生きようとするルナの笑顔が思い浮かぶ。

彼らを救えるかもしれない。

その気持ちを確信に変えるためキサラギはマイロンに詰め寄った。

マイロンははっきり彼女に言う。

「今までの調査の結果、俺はこの病の原因を植物寄生菌ではないかと考えていた」

「植物寄生菌？」

「そうだよ。そして何かしらの環境要因が関係しているともね。……身体の一部のみに変化の見られる初期段階、菌の胞子に似た病原体は脊髄の特定部位に潜伏する特徴を持つ。段階が進めば、この寄生菌は自らを変質させつつ他の部位に浸食してしまう可能性が高い。

つまり少し乱暴だが脊髄の一部を取り出せば、症状の進行を遅らせることができるんだよ。そしてこの病の本当の姿も、より明確にわかるんだ。ああ、そうだ、思いついた！　ミスト爺から今すぐ取り出してしまえばいいのか！」

つまり患者たちを助けるためにミスト爺を犠牲にしようとしているのか。

何故そんなことを何の躊躇いもなく話せるのか。

ミスト爺は仲間ではないのか。

うっとりしながら話すマイロンに堪えきれず彼女は掴み掛かるように言った。

「脊髄を取り出すなんて正気ですか。助かる助からない以前の話です。術後の合併症や障害のリスクを考えてください。とてもそんな危険なことは！」

「……声が聞こえるんだよ。この病は助けを欲している。もっと声を大きく聴くためには、生きた彼の脊髄を細かく解析しなければ」

そう優しくマイロンは言ってくるがキサラギの心からは曇りが消えない。マイロンは慰めるように、更に言葉を付け加える。

「大丈夫だよ。地球人の脊髄は糸が絡み合った束のようなものだ。その糸の一部に集積している菌の胞子を採取するため、糸を引き離してしまえばいい。簡単だろう？」

「……全然、簡単なように聞こえないのですが」

「大丈夫だよ。リトルグレイとナイチンゲールを信じたまえ。さて、僕はもう一度、手術室に戻らなければ」

呆然（ぼうぜん）とするキサラギを置いてマイロンは手術室に戻った。

たとえミスト爺の命を奪いかねない手術だとしても植物硬化病の患者を治療できるかもしれない。そう思っていてもキサラギの心はついていけずマイロンを見送った。

マイロンはミスト爺の脊髄摘出手術を行い、生きた脊髄の状態から病原を見出（みいだ）すことに成功した。

手術室から出たマイロンは待っていたキサラギにホログラムモニターにデータを表示して、彼女に解説をした。

そう、植物硬化病の正体を。

菌の胞子のせいでアミノ酸が異常を起こしていたのだった。

知的生命体を構成している化合物のひとつにアミノ酸があり、生命のたんぱく質を作っている。知的生命体のアミノ酸はＬ型かＤ型だ。生物は一種類の型の材料しか使っていないため、必ずそのいずれかであり、両方が混在していることはありえない。これは偶然にＬ型の材料があると次も同じ型の材料が選ばれやすくなるからである。例えば地球人はそうしてＬ型アミノ酸でできた生命だ。

マイロンの説明を聞いたキサラギは驚愕（きょうがく）して言った。

「まさか植物寄生菌でアミノ酸が変化し、結果、型の違うものが混在すると？　それが身体の変化に繋がるということなんですか？　もしそれが本当なら何故、植物寄生菌が？」

「答えは簡単な話さ」

マイロンはホログラムモニターに一本の樹木を映しこむ。

それが何か気付いたキサラギは顔を大きく歪めた。

マイロンは彼女の考えを代弁するかのように言う。

「原因は星に植林されたユーカリ樹木だ。ユーカリ樹木をどんな悪環境でも育つように遺伝子操作したせいで、この銀河にのみいる植物菌がユーカリに寄生すると反応を起こし、生物のアミノ酸の型を変えてしまう悪性菌に変化するんだよ」

「植林こそが私たちに害を与えていたと？」

驚き疑問の声を上げるキサラギにマイロンは答える。

「ここ最近、この銀河で急激に増えたものがある。環境保全緊急対応のため、遺伝子操作されたユーカリの植林作業が盛んに行われていた。ミスト爺の脊髄を使って、ユーカリ樹木に寄生していた真菌で実験を行うと、アミノ酸を別の型に変化させる異常な現象を引き起こしていた。間違いない、原因はユーカリ樹木に寄生している菌だ」

「……なるほど」

「症状の進行を止めた上で、かつ変化したアミノ酸の型を元の同一型に治せば、それで一旦は落ち着く。あとは免疫を上げて抵抗力を持たせることさえできれば幾らでもやりようはある。全員が根治するかどうかは保証できないが、少なくとも命を奪う病気ではなくなる。ああ、やはり、この病は良い友だった」

そう陶酔したように呟くマイロンをキサラギは何とも言えない表情で見つめていた。

彼はまだ他にすることがあるらしくホログラムモニターを表示した。

「リトルグレイ。ミスト爺の身体に負担をかけることになるが、麻酔から覚醒させてくれないか？」

彼はマイロンのいうことを聞いてくれたのだろう。モニターに薄く目を開けた爺の姿が映る。マイロンは彼にモニターごしに話しかけた。

「さて、三度目の選択だ。ミスト爺」

にこやかに笑みながらマイロンは弾んだ声音で続けた。

「君の身体を好き勝手にしたおかげで植物硬化病の治療方法が見出せたわけだけど、君で治験するのは当然として二人目は、あの少女で試してもいいよね？」

◆

七日目、朝、キサラギが早めに医療施設の各テントを見回ろうとしていると、マイロンがテントに入ろうとしているのが見えた。

あそこにいるのは植物硬化病の治療を試した少女だ。マイロン自ら様子を見に来たのだろうか。キサラギはそっとテントの入り口から中の様子を窺う。

マイロンは寝ている少女に近づこうとしていた。

ルナだ。彼女はマイロンの気配に気付いたのか、ゆっくりと身体を起こそうとした。だが起き上がれなかったのか、顎だけ僅かに動かした。手術室での処置は終わっている。あとはここで経過を見るだけの状態だ。子どもだから回復が速いのか、顔に生気が戻っている。

「お兄さん」

ルナは微笑みながら言った。

「不思議ね、少し苦しくなくなったの。お兄さんが何かしたの？」

「そうだね、僕はお医者さんだからね、君を治すことがお仕事だから」

「私は治るの？　それなら私の夢は……」

「夢？」

そうマイロンが尋ねると少女は恥ずかしそうに頬を赤くしながら言う。

「私の夢は、この星の空気を綺麗にすることなの。この星を綺麗にするために地球からたくさんの木が贈られているでしょう？　私はそれをもっとたくさん植えていけるようにお手伝いしたい。お兄さん、私の夢は叶(かな)うかなあ」

キサラギは息をのんだ。

胸からわきあがる苦痛に何も言えなくなる。

ルナの描いていた夢こそが彼女を殺そうとしていたのだ。

ユーカリ植林を増やせば、ますます被害が増す。今後、どういう対応が取られるのかわからないが、彼女が夢を叶えることはかなり困難を極めるだろう。

それに、もし彼女が自分の病気の真実を知って、幼い夢の正体を理解してしまえば、下手すると更に絶望を感じてしまうかもしれない。

夢の行き先は真っ暗だ。救いようがない。

だがそんなキサラギの迷いを吹き飛ばすように、

「大丈夫、叶うよ」

マイロンは間髪を容れず告げた。それを受けてルナはふわりと笑う。

「ありがとう」

◆

キサラギはテントから出たマイロンを迎えた。

マイロンはキサラギの求めている言葉を表情から察したようで先に答えてくれる。

「眠ったみたいだ」

「治りますか」

「病(かれら)次第だろうね」

「……つまり、経過次第で、まだわからないと。それなのに、何故、子どもに夢が叶うなんてことを？」

顔をしかめて言うキサラギにマイロンは吹き出した。

「君はずいぶん感傷的にものを考えるんだね。それじゃあ生きづらかろうに」

「あなたははぐらかしてばかりなんですね。私の質問には答えてくれないんですか？」

「簡単な話だよ。僕は彼らのことを均等に見ているからね。酷い言い方をすると、どうでもいい。別にとくだん患者に何かを期待しているわけじゃない」

迷いないマイロンの言葉にキサラギは唖然とする。彼は心底、患者のことをどうでもいいと思っているのだ。

「だったら患者がほしがっている答えを返してあげたほうが綺麗に終われるだろう」

「終わる？」

「患者との関係が、だよ。彼らの中から病(かれら)が消えたら僕はいらないからね。それまで患者との関係が悪化するようなことをするほうが馬鹿らしい」

彼の言葉には矛盾が多い。意味のわからないことばかりで理解できない。そんなキサラギの思いが伝わったのか、やれやれと疲労感を覚えているような顔をして、マイロンは言葉を付け足した。

「要するに子どもの症状は治まっている。もちろん、ここから悪化することもあるから予断は許さないけれど、彼女については心配ないだろうね」

安堵したキサラギにマイロンは囁くように告げる。

「そんなことより君はもっと気にすることがあると思うけど？」

唖然としたキサラギに笑いかけた。

「僕は今から、この星を発つからね。あとはよろしくね」

「――え？」

ナイチンゲールへと向かうマイロンのあとを慌ててキサラギは追いかける。

「ど、どういう意味ですか？」

焦燥したキサラギの様子にマイロンはおかしく感じたのか、声をあげて笑いだした。

「治療方法はミスト爺の経過を見るに、ほとんど完成したも同然だ。とりあえず一通りどうすればいいかデータは送るから、あとで確認してね」

キサラギは足を止める。一応マイロンの整理したデータを自主的に確認はしていたが、数日分でも膨大なデータだった。治療方法まで書かれているとなると、どれだけのものなのか想像もできない。取捨選択すらまともにできるかどうか。

暗い先行きを考えるだけで、キサラギのやる気がみるみるうちに消えてなくなっていく。

「何度も言わせないでよ。僕は総合診療医だ。その後の仕事は君たちがやるんだよ。頑張ってね。応援しているよ」

キサラギの顔はかなり真っ青になっていたのか、マイロンは楽しげに言うと、そのまま足を速めていってしまった。

カルテ2　冬眠覚醒中に死ぬ病

深夜に酷(ひど)い悪夢を見てしまいキサラギは飛び起きた。

ここはアクト№1という星にある星境なき医師団の施設の一室だ。

夢なんて、ここ何年間も見ていなかった。

原因はわかっている。数ヶ月前にマイロンに会ったせいだ。

マイロンはキサラギが地球にいた頃に深く関わっている。だが彼はそのことをすっかり忘れてしまっているようだ。

覚えていてほしいわけではない。

思い出してほしいわけでもない。

キサラギ自身、マイロンとの記憶を大事にしているわけではない。むしろすぐにでも忘れたいくらいだった。

マイロンとの出会いは自分が看護師を目指すきっかけになった。それだけの価値しかなく、逆に言うと自分を慰めたい言い訳に使いたいわけではない。ただ患者のために働ければそれでいい。できるだけ多くの人が助けられれば、それでいい。

少なくともバルト3と、その銀河でマイロンは多くの人を救える取っかかりを作った。

だが素直にマイロンに感謝できない。

苦悩を振り払いつつキサラギは額に浮かぶ汗を拭った。

バルト3の出来事のあと、キサラギは仕事に忙殺された。彼の残した植物硬化病治療に関する資料は十数時間あっても読み込めるようなデータ量ではなく、また治療に関わる全てのものたちに発表するためにわかりやすく整理をする必要があり、どれだけ徹夜をしても時間が足らなかった。もちろん、他のものたちにも協力を仰いだが、分担したから簡単に解決するというわけでもなく時間を無闇に潰すばかりだった。

結局、本部からスタッフの支援を仰いで、資料整理のための担当の力を借りたことで、バルト3の現地スタッフで植物硬化病の対応ができる体制を整えることができた。

植物硬化病の被害にあっているのはバルト3だけではなく、同銀河圏内全体だ。治療体制ができたのは始まりであって、これからのほうが大変だ。

だが、キサラギが手助けできるのはここまで。その後、キサラギはアクト№1と呼ばれる別の星に移ったのだ。

傍に置いてあった携帯端末を開けば本部からのメールが来ていた。

暗号を解除してキサラギはメールに目を通す。

「そう、彼が来るの」

キサラギは肩の力を抜いた。

患者を救いたい。

だからこそマイロンには仕事をしてもらう。

その想いは何がどうなろうが変わらない。

トゲのような引っかかりを飲み込んでキサラギは寝台から飛び起きた。

◆

キサラギはアクトNo.1の宇宙飛行場に来ていた。今日、マイロンがナイチンゲールに乗ってここにやって来ると本部からの通達があったからだ。

アクトNo.1は、同じ銀河内の他惑星間で起きている戦争でスペースデブリが増えたことから地球から贈られたテザー衛星のおかげで、疑似流星群が見えるということで観光地化されていた。元々、アクトNo.1は住民の特質から伝統的な文化を大事にする閉鎖的な惑星だったが、地球と交流を始めたのとテザー衛星の流星現象が話題になったことから、伝統を生かしたまま、物資を輸入して星の資産を蓄えていこうという方針に変わったのだ。ちょうど今、観光地化に力を注いでいる状況だった。

このテザー衛星には、目標として定めたスペースデブリを特殊な紐を使って捕獲し、惑星の大気圏まで引っ張って、そのまま消し炭にするというゴミ焼却装置の機能が備わっている。ただ、今までは決められたスペースデブリしか処理することができず、またそのゴミの種類については限定されていた。

だがアクト№１に与えられたのは、そんな旧機種ではなく、どんなスペースデブリにでも対応できる汎用機の試作機であり、その物珍しさから、一層、観光客の呼び水と化していた。

くわえて、ここ数日は、この惑星住民特有の儀式が行われているということで、宇宙飛行場は数多(あまた)の飛行船でごった返していた。宇宙飛行場については観光地化に資金を投資しているせいか、小綺麗(こぎれい)に文明化の進んでいる惑星並に施設が整えられていた。

宇宙飛行場の入星ゲートの前でキサラギは目的の人間を見つけて駆け寄る。

「わあお、こんなところで会えるなんて奇遇だね。もしかして僕を追いかけてきたのかな？」

マイロンだ。彼にしては珍しく柔らかな笑みを浮かべてキサラギを受け入れる。

「はい」

真っ直(ます)ぐ見つめながら少しばかりの苛立(いらだ)ちを交えてキサラギは言った。

「わあ、それはとっても嬉(うれ)しいな。こんな可愛(かわい)い子にお出迎えされるなんて幸せなことこの上ないよ」

マイロンは大げさな仕草で彼女を迎え入れた。

そのあまりに人を馬鹿にするような、わざとらしい動作にキサラギは腹を立てながらマイロンを見上げた。

「ええ、そう言ってくださるのならこちらこそ。本当にお待ちしておりました。それはもう心の底から」

「わあ、まるで胃の中から寄生体でも出てきそうなくらい濁りきった声音だね。可愛い君には似合ってなさすぎで逆にギャップがあって良いよ。それはそうと残念だよ。せっかく会えたというのにさ」

「……残念？」

訝（いぶか）しく思って尋ねると、マイロンは勿体（もったい）ぶったように言ってくる。

「明日にはこの星を発（た）たなければいけないんだ。この星はちょうど観光地化している状況でね、僕みたいなトラブルメーカーは不要らしい。今まで閉鎖的だったくせに、ちょっと裕福な惑星にその価値を見出（みいだ）されたことで、お金が入るようになると調子に乗るから発展途上惑星は嫌いさ。つまりは……」

唖然（あぜん）とするキサラギを前にしてマイロンは腹を抱えて笑いながら言う。

「君にとっては悲しいお知らせだ。僕の滞在期間は一日なんだ。今から明日の晩までしか、この星にいられないんだよ。すぐに可愛い君ともお別れだね。君がどうして僕に会いに来たのか、何の用事があるのか、気にはなるけれど……」

マイロンは、呆然と突っ立っている彼女の周りをグルグル回りながら言葉を続ける。

「正直、一日で何かできるとも思えないから、この星特有の飲み物で喉を潤しながら今日を優雅に過ごそうかな。ここの民の食料は主に液体のようだからね。色んな種類の飲み物を楽しめそうだよね！」

「待って下さい。この星には、あなたが興味を覚えるような病気があります」

それこそがキサラギの用事だ。

マイロンはそう言い出すキサラギを理解していたのだろう。口元を歪めて言い返す。

「うん、知っているよ。だから、わかっていて、この星に来たんだよ。キサラギ。君だってわかっていて、僕を待っていたんだろう？」

そうだ。キサラギは心中でほくそ笑んだ。キサラギは病気を餌にしてマイロンを釣り上げた。もう一度マイロンに会うためには、珍しい病気のある星で待つのが確実だと考えたからだ。

「本当にドクターマイロンは趣味が悪い」

キサラギは顔を曇らせて言う。

マイロンは彼女に詰め寄って微笑みながら手を差し出した。

「さて、さっさと君の整理した情報を僕によこしたまえ。時間がないんだから」

◆

数十分後、キサラギはナイチンゲールに乗ってマイロンを目的の場所に案内した。辿り着いた場所は、この星の住民の儀式場だ。

広々とした茶色の大地に一筋、小川が流れており、僅かな水分が大地に染みこんでいる。頭上には星空が広がっていた。テザー衛星によるスペースデブリの疑似流星群は輝くような幾重もの筋を作っている。

その下に、大量の異星人の死体が転がっていた。

この星の異星人は特殊だ。人型だが薄い赤肌の巨体で腕や足は浮腫んだように膨れあがっている。その背には薄くて透明な細長い羽が二枚生えていた。手足の爪は異様に太くて硬く発達している。

キサラギたちはこの現場を遠くからしか見られない。

儀式場はこの惑星の住民以外は立ち入り禁止だ。遺伝子で侵入しようとしたものを判別する障壁が張り巡らされており、もし惑星の住民でなかった場合、感電して死んでしまう可能性もある。

「なるほど、これは酷い」

マイロンは彼らの姿を見て呟く。みな、眠ったように死んでいる。遠目からだが外傷は一切ない。

「祭りの儀式とやらを行った結果が、このザマだ。確か星の繁栄を祝う幸せな祭りだったかな。それが一転して不幸に堕ちる。よくある話ではあるけれど見事だ」

マイロンの言葉にキサラギは顔をしかめた。茶化すような彼の言動が気にくわないからだ。

「星の繁栄を祝うだけではありません。他にも目的があります」

キサラギは淡々と説明する。

この星の住人には命に関わる原因不明の病にかかったとき、自ら土に潜って冬眠することで免疫を高め治療法が見つかるまで仮死状態になる性質があった。だがその冬眠から覚醒しようとしたときに、途中で重篤化し、すぐに死んでしまうというのだ。

なら冬眠から覚醒するのをやめればいいのだが、この冬眠覚醒は地域特有の儀式として現地の異星人に大事にされていた。そのため次々と犠牲者が増えているのだ。

「つまり、今まで起こらなかったのに今回急に、冬眠から目覚めたら次々と発症したと。何故、今回、冬眠覚醒の儀式を行うことになったのかな？」

「数十年前、この星に流行り病が広がりました。治療法はありませんでした。そこで患者はみな、眠りについて免疫をつけ治療法を待つことになりました。……そうして今回、地球の協力により、その流行り病のワクチンが完成したんです」

そうキサラギが答えたのでマイロンは自嘲気味に口元を歪めた。

「それで、みんなを救おうとして、みんな死んだのか。最高だな」

呟いたマイロンは顎に手を添えて考え込む。

「しかし彼らの生態は何とか何とかに似ているね」

「ナントカナントカ？　何ですか、それ？」

「地球に似たような虫がいただろう？　単語が思い出せない。何とか何とか……」

そうマイロンが考え込んでいるとミスト爺が後ろからやって来た。

「嬢ちゃん、まだマイロンに関わろうとしちょるのか」

そう言いながらミスト爺はキサラギの横に立ち止まり、彼女を見下ろして呆れた声を出した。

「……ナイチンゲールにいたんですか？　姿が見えませんでしたが」

「ああ、機関室におったんよ」

キサラギの問いにミスト爺はあっさりと答える。

「しかし、すごい執念じゃのう。気持ちはわからんでもないが。あのあと、何もかも押しつけられたんじゃろう。酷い話よな。何の稼ぎにもならんのに、あんなことできんいね。儂も最初にあれこれやられた時は同じ気持ちに……」

「違います」

キサラギは、はっきりと否定した。

「私は彼に病気を治療してもらいに来たんです。目の前に広がっている、この凄惨な状況を、二度と起こらないようにしてほしいんです」

キサラギの視線はマイロンへと向けられる。

「必ず、あなたが来てくれると信じて、あなたを待っていたんですよ」

そうして彼女はミスト爺へと顔を向けて柔らかく笑う。

「……それにしてもミストさん。あなたが元気そうで安心しました」

「当たり前さ、僕が直接治療にあたったんだからね」

マイロンが言うとミスト爺は嘲るように口元を歪めて言った。

「なにを言うちょる。儂を頑張って治したのはリトルグレイいね。他人の成果を自分のものだというのはやめんさい。マイロン」

マイロンもミスト爺の表情を真似(まね)るように口を開いて言う。

「そのリトルグレイやらナイチンゲールに金を出しているのは最終的に僕なのだから、僕の手柄だろう」

「ナイチンゲールの経理は儂がやっとるし金の工面をしとるのも儂じゃ。星境なき医師団の給与だけじゃとても足りとらんのは、お前も知っとるじゃろうが。確かにチームナイチンゲールのリーダーはお前じゃが……」

ミスト爺の言葉にマイロンは軽やかに笑う。

「だからこそリーダーである僕の成果だろう？」

◆

ナイチンゲール内の操縦室にキサラギたちは集まっていた。ホログラムモニターを表示させて、マイロンは彼女の集めてきたデータを見ている。

マイロンはデータに書いてあったことを改めて確認する意味なのか、キサラギに問いかけてきた。

「駄目になった臓器は幾つ？」

「心臓、呼吸器官など……全ての機能に障害が起こっています。とくに脳の障害が目立ちます」

「当然、血液検査もしたんだよね」

「はい。血液が酸性化しています。酸素を用いた細胞の働きが完全に停止していますが何故、そうなったのかははっきりしません」

「……複合的な症状を出しつつ肝心なところは隠すと。一番恥ずかしがり屋なパターンじゃないか。なるほど、この病の心を開くには骨が折れそうだ」

マイロンは操縦席に座り、立ち尽くすキサラギを見上げてきた。

「一通りの検査はしたのかい？　遺伝子検査までは？」

「残念ながら、検査をしても正確な結果は出ないかと」

「ああ、なるほど。この病にかかったら、冬眠から覚醒している最中に急死するからね。冬眠から覚醒して第三者が死んだと気付くまでの間はどのくらいだ？」

「およそ三〇分ほどかと。……今の結果も死体からです。生きたまま検査できないんです。こう言ったほうがわかりやすいですか？」

「ふむ、とてもわかりやすい。どうすれば生きたまま検査ができるかな？」

マイロンの問いにキサラギは嫌な顔をした。

生検は無理だと言っているのに、すぐにやれと言う。マイロンには、こちらの言葉が伝わっていないらしい。

キサラギが黙っていると空気を察してくれたのかマイロンは頷いて別の提案をする。

「死体の遺伝子検査はしたのかい？」

「意味はあるんですか？」

「念のためだ。もちろん病が変質している可能性もあるけれど……」

マイロンはリトルグレイを呼んだ。リトルグレイが整理したアクトNo.１のデータを眺めているようだ。嘆息しながら続ける。

「残念ながら、ここの惑星の異星人は元々、閉鎖的な文化だから、本来の性質についてわかっていないことが多すぎる。血液が酸性になっていることも気にかかるが……今まで星境なき医師団が看たデータを確認しても血液の状態に整合性が見えないね。変質もなにも元の状態がわからなければ判断のしようがないな」

マイロンは顔を両手で覆いながら言葉を続けた。

「異星人特有の性質と病の苦痛がない交ぜになってしまっている。なら通り一遍の検査では何も出てこないかもしれない。時間の無駄になるなら、もう少し推測をたてて議論してみようか。キサラギの意見を聞きたいかな」

「私は感染症の一種だと考えています」

間髪を容れずにキサラギは答えた。

観光者も増えているためよその惑星からきた感染症だと疑っているのだ。

「最近、ここは観光地化しており、多くの異星人が集まっています」

「つまりそれは新しい病が増えるということだ。多くの病ができるのは好ましいが、この場合は……」

「感染症であるならば、どれが原因かわからず特定に時間がかかるということですね」

キサラギの言葉にマイロンは頷く。

「そうだ。症状からある程度の推測はできるが、この患者は何も語らない。何故なら眠っている上に発症したら死んでしまうから……」

マイロンは両手を広げて乾いた笑い声を上げる。

「この星の環境も僕を邪魔するというわけだね。なかなか憎いシチュエーションだ。いいじゃないか。障害は多ければ多いほど燃えあがる。まるで病と恋愛しているみたいだ。いいね！　そう思わないかい、君？」

「思いません」

迷いなく断言するキサラギにマイロンは返答する。

「僕が病気をネタにしているのが不快で、かつ患者を気にしているなら、ここの異星人を説得して、冬眠覚醒の儀式をやめさせればいい。それで全てが解決するだろう」

それができるなら、そうしている。だがマイロンに説明してもわかってもらえないのも確信していた。

そう考えながらキサラギはため息をつきかけてやめた。マイロンから顔を逸らす。

「なんだね。できない理由があるのかな？」

マイロンがキサラギを問い詰めると、さっきから黙って聞いていたミスト爺が彼女たちの間に割って入る。

「……マイロン。他にも何か考えられんかいね、お前の意見が聞きたいんよ」

「ここの生命体には血管も血液もある。……つまり血栓ができれば、あっという間に死に至る可能性がある。血栓は？」

「もちろん確認しました。この患者に血栓はありませんでした」

「不整脈……は死んでいるから、わからないか。幾つかの影響が重なっているのかも。腫瘍ができれば血栓や臓器障害も起こる。腫瘍はどうだろう？」

「血栓はないと申し上げましたが……」

「死体を検査して何がわかる？　もしかしたら血栓は奇跡が起こって跡形もなくなってしまったのかもしれない。それで腫瘍は？」

「……ありません。申し訳ないですが、あなたは手当たり次第に推測して言葉を連ねているようにしか見えません」

キサラギの言葉にマイロンはお手上げといった様子で立ち上がるとナイチンゲールから出た。

マイロンが大地に降り立ったので慌ててキサラギも追いかける。彼がどこに向かおうとしているかわからず困惑したからだ。

まだ真夜中だ。疑似流星群もキラキラと空を飾っていた。

元々、この惑星は大地と水しかないような場所だ。住民も人型であるにもかかわらず、基本的には土に埋まって生活している。こんな何もない星に対して、観光地化しなければいけないほど金が必要なのか疑問だと最初は思ったものの、どうやらこの大地と水を腐らせずに維持して運用していくのに手間がかかるようだ。

ズカズカ先に進むマイロンは振り向かずに後ろのキサラギに話しかけてくる。

「……そうだよ、君の言う通りだ。適当に可能性を口にしているだけさ。よくわかったね。だから生きた器がほしい。君なら何とかなるんじゃないか？　そのために事前にここで慈善事業をしていたんだろう。さあ、今すぐ用意するんだ」

「できません。まさか……あなたが今、向かおうとしているのは儀式場ですか？」

キサラギの問いに立ち止まることで答えを返す。

「……僕には一日しかない。君が諦めるというなら——僕は明日にでも、この星を発つしかない。タイムオーバーだ。患者は死ぬ。わかりやすい結末だね」

「そんな言い方、卑怯(ひきょう)です」

唇を強く噛(か)みしめて言うキサラギにマイロンは深くため息をついた。

「卑怯でも何でもない。生検をやるんだ。君が人を救いたいなら、そうするしかない」

「……」

「つまり冬眠から覚醒する真っ最中の患者を確保して、すぐに検査にかける。ただそれだけのことだろう？　まったく何なんだ。一体、君は何にこだわっている」

そうやって言い争いをしていると背後から声をかけてくるものがいた。

「……あの」

見た目でわかる。羽を生やした真っ赤な人型の現地民がそこにいた。暗闇の中、羽が僅かに青く光っている。

フェイチェンという現地スタッフだ。頭の中に直接語りかけてくるような声をしている。この星特有の伝達方法だ。向こうはキサラギたちがどの言語で喋（しゃべ）ってもある程度翻訳できるのだ。勝手に頭に声を伝えてくるのに多少の不快感を覚えているのかマイロンは顔をしかめてキサラギに目を向けた。

「おい、この子は誰かな」

「星境なき医師団の現地スタッフ、フェイチェンです。女性の方です」

「なるほど、なら一層ちょうどいいタイミングだ。僕も現地の民と話したかったからね」

そう言うマイロンの横で、巨体の現地人が身を捩（よじ）りながら頭を向けてくる。

「彼は何を言っているんですか？　まるで無茶苦茶（むちゃくちゃ）ですが。それに私たちの冬眠覚醒を止（や）めさせるとも……」

「ああ、そう言っているけど何か？」

マイロンが口ごもるキサラギの代わりにフェイチェンに答えた。フェイチェンは素早く頭を横に振りながら言ってくる。

「それは絶対にできません。伝統医療である儀式の決定はだいぶ前に行われていますし、そのための準備も時間をかけています。それを不確定な理由で中止はできません」

「既に何度も儀式は失敗しているのに？　多くの異星人が死んでいる。どうしてこんな伝統治療にこだわるんだい？　死んだらそれで終わりだろう」

「……あなたはこの惑星の住人じゃないですよね？　なら、わからないのも無理はありません」

小さく首を横に振る彼女は声をキサラギたちの脳に伝えてきた。

「私たちが死ぬのなら、それは惑星の意志です。ここに生きるものとして、私たちはそれに従う義務があります。私たちにとって冬眠は水と大地と惑星の恩恵です。……せっかく来て頂いたあなたには申し訳ないのですが、今まで私たちに起こったことは惑星の定めた運命とも感じています」

「……そもそも冬眠は君たちを救う手段だろう。今回のことだって流行り病にかかったものたちを救うために目覚めさせようとしていると聞いているけれど？」

「なればこそ今回の冬眠覚醒について、大勢の犠牲者が出てしまったのは惑星の意志なのでしょう」

「なるほど。……それは君の家族であっても同じことが言えるのかい？」

「はい。私の夫が前回の儀式で亡くなりました。息子も同様の病気にかかり冬眠しており、明日、儀式で目覚める予定です。もし彼が亡くなったとしても、それは惑星の意志です」

マイロンはフェイチェンと会話をするのをやめてキサラギの腕を掴んだ。フェイチェンと距離を取ったマイロンは、手を離してキサラギに問いかける。

「あれはもう駄目だな。今度は君に質問だ。キサラギ。何故、伝統治療にこだわる？」

キサラギは淀みなく答える。

「現地の文化を尊重して動くことは星境なき医師団として当たり前のことです。もし私が下手なことをしたら、星境なき医師団はこの星から追いだされてしまう。それだけではありません。星境なき医師団は惑星文化に配慮しない組織だと周囲から見なされてしまえば他の惑星でも活動が難しくなってしまう。そうならないように、あくまで私たちはこの惑星主体の目線で考えなければいけないんです。確かにそれが彼らの健康を害することもあるでしょうが、だからといって完全に否定することはできません。今まで根付いてきた文化は大切にするべきなんです」

完全な本音ではないが本心だった。だがマイロンは納得しなかったようだ。

彼はやれやれと首を横に振って言い返す。

「違うよ。そんな通り一遍の答えはいらない。誰でも口にできるようなことを聞きたいわけじゃない。僕は君の考えを知りたいんだよ、キサラギ」

また見透かされた。確かに全てをさらけ出したわけではない。だが、どう言葉にしていいかわからず、キサラギは眉根を寄せて押し黙る。

「……もしや君もあれか。患者に親近感を覚えているとか、例のあれ？　困ったな。一日しかないんだぞ。君の、その……一時的な感情に付き合う時間はないんだが」

そこまでマイロンに言い切られたのでキサラギは赤い瞳に憎しみを込めた。

苦々しく言う。

「……あえて私の言葉に言い換えるとするならば。いくらあなたでも友人はいるでしょう。友人の気持ちを尊重したいんです。なら私の気持ちもわかるはずです。フェイチェンは私の友達です。過ごした時間は短いですが、大事なんです」

「そうだね。僕にも病（とも）はいる。かけがえのない病（とも）……他の誰にも代えられない大事な病（とも）……もし病（かれら）が困っていたら助けてあげたいと心の底から思うよ」

「そうでしょう。それと同じことです」

そう言って頷くキサラギにマイロンは賛同して言葉を続ける。

「なればこそ、僕はこの星にいる病（とも）と心を通い合わせなければいけない。だって病（かれら）は僕に声を聞かせたくてたまらない。気持ちをわかってほしいと思っているに違いないから。なあ、わかるだろう？　君にも友達がいるというなら、僕の病（とも）のために働いてくれないか？」

キサラギはマイロンの言葉の意味を読み取った。

「……ああ、そう、なるほど。友って、そっちですか。音にすると同じなので勘違いしました。申し訳ありませんでした」

「病（とも）にそっちもあっちもあるのかい？」

不思議そうにマイロンが尋ねてきたのでキサラギは大きく顔をしかめた。

「そっちもあっちもどうでもいいですが……本当にあなたは病気のことしか頭にないんですね」

話が噛み合っていない。

彼のいう友達とは病気のことだ。何故、マイロンは病気を人のように例えるのだろうか。マイロンの真意を理解しようとするほうが無駄なのだろうか。

そこまで考えたとき、すっとキサラギの心から感情が消えていく。低い声で言った。

「……何故それほどまでに執着するのですか、病の治療法を追い求めることに。もっと大事なこともあるのでは？」

「ちょっと君の質問の意味がわからないけれど、そうだね、あえて答えるとするならば、君は生きることを目的とするのかい？」

「何を言いたいのです？」

目を瞬いて確認するキサラギにマイロンは優しげな声音で教えた。

「簡単な話さ。僕は正直に誠実に精一杯にこの世を生きようとする病を理解するために生きていたいんだよ。その結果、患者も助かる、患者の親族も喜ぶ、何の問題もないだろう？　……だからこそ、君はあの友人を説得して……」

「あの……」

フェイチェンの声だ。

見ると、いつのまに近寄ってきたのか、フェイチェンがすぐ傍にいてマイロンを見下ろしている。

「まだ、なにか？」

患者の親族からの情報は重要だからか、マイロンは再度、聞き返した。

「誤解されているようなので、言葉を付け足そうかと。……私たちが儀式の中止をしないのには他に理由があります。先程、別の儀式場である住民たちの冬眠覚醒が行われましたが、今のところ死ぬこともなく続けられております。なればこそ儀式が失敗するのは、やはり惑星の意志かと」

◆

儀式は部外者禁制であるため、冬眠状態の患者の診察は不可能だ。キサラギが現地の異星人に配慮して治療をするため、ある程度の理解は得られているが肝心なところは踏み込めない。

いくらマイロンが必要不可欠だと主張しても生体検査まで行うのは難しい状況だ。

マイロンはナイチンゲールに乗り込みながら、既に先に乗りこんでいるキサラギに話しかける。

「聞いていないぞ、例外がいるなんて」

「誰でも発症するというわけではないと……イレギュラーがあると？　事態が複雑化しましたね」

　操縦席に座ったマイロンにキサラギは淡々と話しかける。すっかりナイチンゲールにいることが普通になったキサラギをミスト爺が複雑な顔で見つめている。

　マイロンはそんな彼の顔を眺めて鼻歌をうたいながらキサラギに言ってきた。

「逆だよ、キサラギ。大分わかりやすくなった。患者は語らなくとも病（かれら）の声は聞こえる。さあ、耳をすませてから、いこうか」

「いくってどこに？」

「決まっている。冬眠から目覚めて死ななかった個体がいるのだろう」

　マイロンはリトルグレイを呼んで、ホログラムモニターを表示させて、この惑星のデータ全てに目を通し始めた。

　キサラギはモニターを盗み見る。リトルグレイの気遣いのおかげで情報はカテゴリー分けされていて見やすく、キサラギもマイロンの思惑を察した。

「まさか儀式を行った場所に侵入する気ですか？　儀式は神聖なものだと聞いています。よそ者は禁忌とされている。見つかったら殺されますよ？」

キサラギが操縦席の後ろで必死に声を上げる。

マイロンは肩をすくめながら返した。

「だが特定の異星人に反応する……この場合は冬眠状態だな、そういった感染症なら、その個体にも影響が出るはず。犯人が余所から来た感染症なら尚更だ。……いたずらに病のせいにしては駄目だ」

「それでは他に原因があると考えているんですか？」

「他に、ではない。全ての病の本音を洗い出すのが僕の仕事だ。可能性があるなら調べるべきだろう？」

マイロンはキサラギを一瞥する。

キサラギは怒気をはらませた声で言った。

「だからといって不法侵入だけでなく、その地域特有の禁忌をも破ろうというんですか」

「そうだな。……病に我々の常識は通じない。仕方のないことさ」

マイロンはミスト爺に頼んでナイチンゲールの目的地をインプットしようとしたようだが、ハタと動きを止めた。そんなマイロンの行動に気付いてキサラギは小さく笑いながら尋ねる。

「……場所はわかっているのですか？」

「君は知らないの？」

「私もさっきイレギュラーについて知ったばかりですから」

なるほど、と頷いたマイロンは惑星のデータを引き続き確認しつつ、ナイチンゲールのコンソールモニターをミスト爺から受け取る。

一体何をする気だろうか。マイロンの様子を確認していると、彼は別の目的地をインプットしているようだ。場所を確認したキサラギが慌てて言った。

「……どこに行くのですか？　そちらは患者が大量に発症した儀式場ですが」

「知っているよ。どちらにせよ生検しないと無意味だろう」

そうマイロンがウインクしながら言うとキサラギは嫌な予感を覚えて唇を噛んだ。

◆

そうしてキサラギたちは最初にマイロンと訪れた儀式場に来ていた。

キサラギからしてみたら、本当は来たくなかったがマイロンが何をしでかすのかわからなかったため一緒についていくことにしたのだ。

あえてマイロンには何も言わなかった。時間がないのも承知の上だからだ。彼が病気の原因と治療法を突き止めるためにギリギリのところまで協力したいと考えていた。

まだ真夜中であるため周囲は闇に満ちている。疑似流星群では灯り(あか)にもなりやしない。

マイロンはリトルグレイに頼んで、周囲の僅かな空間だけ光を灯したようだ。あまり明るすぎると他のものに気付かれる可能性があるからだろう。

ぬかるんだ大地を踏めば水音混じりの足音が鳴り響く。慎重に動かなければ周囲の現地民たちに気付かれてしまうだろう。

儀式場には障壁が張られている。

どうやら既にリトルグレイに依頼して解析済みらしくマイロンは余裕の表情だ。

確かにキサラギの見立てだとナイチンゲールの機能とリトルグレイの技術力さえあれば一時的なら解除可能だろう。

ただしマイロンは気付いているのだろうか。この障壁が厄介なのは、解除した瞬間に、遠隔監視しているこの惑星の住民にバレてしまうところだ。

障壁を破ったらすぐに行動して逃走する必要がある。

だがそこまでマイロンは計算済みだったようだ。

マイロンはリトルグレイに障壁を破ってもらうと、灯りを消して目的の場所まで駆けだした。

音がしない。防音までリトルグレイに頼んでいるのだろうか。

だが時間稼ぎにもならない。障壁を破った時点で相手にはバレている。

キサラギはマイロンやミスト爺に置いて行かれないように後を追いかけた。

立ち止まったマイロンはしゃがみ込むと乾いた土を撫でながらキサラギに言ってくる。

「……この辺りに水は浸透していないんだね。……そして、ここに埋められているのは、データにあったフェイチェンの子どもだろう」

「まさか、この子を連れ出す気ですか」

「そうだよ。リトルグレイ、邪魔な土を吸い出してくれ。転移機能を応用すればいい。できるね？」

無茶苦茶だ。そう焦るキサラギとは違ってマイロンは冷静に対処している。

キサラギは迷っていた。止めるべきか、治療法を確立させるため、あえて見過ごすべきか。フェイチェンは大事な友人だ。その友人の子どもを彼女に無断で連れ出せば、きっと彼女は深く悲しむ。そう考え込んでいるキサラギを放置してマイロンたちは行動を始めていた。

マイロンはフラスコを取り出すと、土に向けた。そうすると凄まじい速度でフラスコの中に土が吸い込まれていく。あっという間に真っ赤な現地民の姿が露わになった。この間見た個体よりは小柄な体格をしている。ただ水分を搾り取られたかのように乾ききって干からびていた。

ずいぶん深い場所に埋められている。

儀式場に埋められている個体の特徴だ。ただ単に埋める目的にしては、あまりに深すぎるとは思っているが。

マイロンはリトルグレイに命じて重力を遠隔操作したようで、その個体を宙に浮かせた。そのまま地上まで身体（からだ）を持ち上げて地面に下ろす。

「その装置を使って運ぶんですか？」

キサラギが尋ねるとマイロンは残念そうに首を横に振った。

「それができると便利なんだけどね。この力場装置、上下方向は可能なんだけど左右は駄目なんだよね。機能が中途半端すぎるから、今度新しいのを買いたいね」

「そんな金はないわい。ふざけるなよ、マイロン」

すかさずミスト爺が突っ込む。

随分余裕だと感じながらキサラギは、浮かび上がっているフェイチェンの子どもを眺めた。力場装置で左右に動かせないということは、この子どもを担がなければいけないようだ。マイロンは子どもを抱きかかえた。

「うん。ミスト爺。さすがにこんな大きいのは転移ができないから、このまま持ち出すよ。足を持って」

「言うことを聞くからインセンティブを出せいね」

「インセンティブはきちんと基準を決めているだろう。こういう雑用は基本給の範囲内さ。ほら、早く手伝うんだ」

えいやとマイロンはフェイチェンの子どもをミスト爺とともに持ち上げると、小走りでナイチンゲールを停めた場所まで戻ろうとする。

だがフェイチェンの子どもが思ったより重くて胴体が不安定に揺れ動き、なかなか走る速度が上げられないようだ。

もはやここまで見届けてしまえばキサラギも共犯だ。ならば作戦を成功させるために支援したほうが長い目で見れば患者のためになるはずだ。もはや自分に言い聞かせるように覚悟を決めたキサラギはフェイチェンの子どもの腹部を抱えた。

マイロンはからかうようにキサラギに笑いかけてくる。

「……おや、キサラギ、手伝ってくれるのかい？　共犯になるよ」

「あなたの罪を見て見ぬふりをしている時点で、私もとっくに同罪です」

嘆息しながらもキサラギは言い切ったのだった。

◆

ナイチンゲールに戻ったキサラギたちは早速、フェイチェンの子どもを手術台に乗せて様々な検査を行うことにした。まずは血液検査だ。

「しかし、まだ覚醒していないこの子を調べることに意味はあるんですか？」

そう言いながらキサラギはフェイチェンの子どもに注射して血液を採取している。

「もちろん、やらないよりはましだ」

マイロンはそれを受け取ると、早速、リトルグレイに頼んでナイチンゲールで検査を行ったようだ。

フェイチェンの子どもの冬眠状態を阻害していることで、容体が急変しても困るため生体反応をモニターすることにした。

とりあえずここまでとしたのか、マイロンは一息ついて操縦席に戻り、アクトNo.１で行われた治療の報告書を眺めていた。

キサラギはミスト爺から受け取った血液検査のデータをマイロンに渡す。

明らかに血液検査の結果がおかしい。それをどうやって伝えようか悩んでいると、マイロンがそんなキサラギの様子に気付いたのか「どうだった？」と尋ねてきた。

「……明らかに今まで何度か行った検査結果と比較しても、数値が異常なんです」

キサラギは眉根に皺を寄せながら答えた。

患者の頭に装着した、血流をはかる装置とワンセットになっているモニターを見たキサラギが指差して声を上げる。

「脳の血流が今までの個体と比較しても速くなっています。昏睡状態に近い患者に偏頭痛があるんですかね？」

「……と、いうことは既に、この病は患者を殺しはしないけれども異常を訴えているということだね。虚血は少なくとも起こしていない……なら発作を起こし始めているのかな?」

そう言いながら顔を向けてきたのでキサラギも首を傾げながら返した。

「もし発作だとしたら原因は何ですか? てんかん? 脳の感染? 検査するしかありませんが……」

「感染か。脳に感染するものに効く抗生剤をとりあえず一つ一つ投与して効果を見てみようか。副作用も起こるし危険なことだが、やってみる価値はあると思う」

「無茶苦茶です。患者の身にもしものことがあったら……! それにこの患者は冬眠状態です。効果があるかどうかも……」

「まあ、ものは試しだよ。やることに意味がある」

そう言いながらマイロンはキサラギに必要な抗生剤投与の準備をするよう指示した。彼女は小さく頷くと用意をしに手術室から出て行った。

治療のためには、今はマイロンの言葉に従うほかない。そうキサラギは判断して抗生剤を用意した。

脳の炎症を起こす病原体といえばウイルス、細菌などが挙げられる。

マイロンは次々と抗生剤を投与して反応を見ているようだ。

だが、結果は芳しくないようでマイロンの表情は曇っている。

「感染症なら効果が出て血流は遅くなるはずだけど。どうだい？　……血流は何も変わらないようだね」

そうモニターを見ながらマイロンが言うとキサラギは力なく首を横に振った。

「感染症じゃないんでしょう、おそらくは」

感染症でないという原因の切り分けができただけだ。

確実な一歩だが、一日で原因や治療法を見出すには、まだ足りない。

「なるほど。そもそも、覚醒した途端に急死するような感染症があるのか？　僕たちの知らないそれ？　未知のウイルスや細菌とやら？　そんな可能性の低いものを探る時間なんてないよ。だからキサラギ、一瞬にして生命体を殺すものは他に何が考えられる？」

「腫瘍……ですかね。ですが死体に腫瘍はありませんでしたが……」

困惑するキサラギの呟きにマイロンは顎に手を添えて考え込む。

「この個体にも腫瘍はなかった。だが検査ではわからない微小のものがあるのかもしれないね。もしくは都合よく死んだら消える腫瘍なんてね……」

「おおい、マイロン」

ホログラムモニターが表示されてミスト爺が呼びかけてくる。

「病気に夢中なのは構わんが、リトルグレイにご飯をやらんかい。酷使されすぎて腹が空いたとキュウキュウ鳴いておるぞい」

「いいよ、僕に言わなくてもいいよ、好きにして構わない」

「前回、好きに補給していたら資金不足がどうのと儂の給料から削るのなんだの文句を言ったのはお前じゃろうに。忘れたんかい。どちらにせよ燃料は補給しとくけえ、あとでちゃんとどれを使ったか確認しとくんよ」

「……待て。使うなら最近、購入した燃料にしてくれよ。古い燃料を使ったら不良品だったらしくリトルグレイとナイチンゲールが正常に稼働しなくなってしまったことがあってね……」

そこでマイロンは喋るのをやめた。明後日の方向を見ながら、何やら考え込んでいるようだ。

彼の双眸にぎらつくような輝きが灯る。あの表情は病気の原因に関して何か取っかかりを発見した兆しだ。そう判断したキサラギはマイロンに声をかけようとしたが先にミスト爺が彼の名を呼ぶ。

「マイロン？」

ミスト爺をマイロンは無視して彼との通信を切断した。

「……毒か？　だが、毒だとしたら何だ？　どうして冬眠から目覚めることで、その毒が身体に回ったんだ？　この異星人は覚醒したときに何をどうやって取り込み、どう反応した？」

どうやら彼は今回の病気の要因に毒が関係していると考えているようだ。

「薬物検査をしますか？」

キサラギの問いにマイロンは彼女から顔を背けて言った。

「一応ね。意味はないだろうけど、だって彼は目覚めていないし、まだ死ぬ兆候は見せていない。多少影響は出ているけど些細(ささい)なものだし、何にも出ない可能性が高いだろうね。……それよりも調べてほしいことがあるんだ。冬眠から目覚める際に、彼らの身体に何が起こっているのか、推測でも構わない、どのソースでも構わない、情報をかき集めて僕に送ってくれないか？」

「真偽不明のものでもいいんですか？」

おそるおそる確認してきた彼女にマイロンは大きく頷く。

「嘘(うそ)の中に真実を見出すのは、病(かれら)とのコミュニケーションでは基本だからね」

その言葉を聞いてキサラギの心に温かな光が生じる。

マイロンに従っていれば患者たちを救うことができるかもしれない。

そう思ったとき、キサラギの視界に手術台に載せられたフェイチェンの子どもの姿が映る。誰かの心を踏みにじって成したものが果たして正しいのか。光があっという間に黒く塗り潰されてしまう。不快な気持ち悪さをキサラギは噛みしめていた。

◆

朝、綺麗な橙色の朝焼けの下、ナイチンゲールに向かおうとしたキサラギを呼び止めるものがいた。夜が明けると早々に、動き出したのだろう。キサラギは声のしたほうに顔を向けた。

フェイチェンだ。ああ、とうとう、このときがやって来た。

そう思いながらキサラギは浅く息を吸い込んだ。動揺を強く抑え込み、フェイチェンと対峙して向き直る必要がある。

「キサラギ！」

フェイチェンはキサラギに近づいた。感情を荒立てながら声を上げてくる。

「冬眠覚醒の儀式を控えていた私の子どもがいなくなったのよ！」

「それは本当ですか？」

白々しいだろうか。なるべく感情を面に出さないようにしているからこそ不自然に見えないだろうか。そう、友人であるフェイチェンを騙しきることに強い罪悪感を覚えるキサラギにフェイチェンは必死な様子で話しかけてくる。

「ええ……あの妙な医師の仕業じゃないの？　だって、あいつは惑星の意志が宿る神聖な儀式の邪魔をしようとしていたもの！　言動も怪しかったわ！」

「彼は優秀な医師です。まさかそんな……」

簡潔にキサラギはそれだけ言う。

下手なことを言えば隙を見せてしまう。それに思ってもいないことは口にしたくない。

半ば意地のような気持ちをキサラギは持て余していた。

焦燥感も露わにフェイチェンは言ってくる。

「あんな無茶苦茶なことを言うやつが本当に優秀なの？」

「ええ。実際に、別の銀河で蔓延していた植物硬化病の治療方法を確立させたのは彼ですから。他にも数多の難病を治してきています」

フェイチェンは酷く頭をかきむしった。キサラギの言葉に何も言わない。

やがて躊躇うような感情を乗せて言葉を伝えてくる。

「私はよその銀河の話なんて興味がないし、その病気がどれほどのものかも知らないわ。でも……私はあなたがこの星の民のために、ずっと一生懸命に患者のために働いていたことは見てきたわ」

フェイチェンはうな垂れていた。

辛そうな声音と表情に、友人に嘘をついている罪悪感が膨れあがっていく。

紛れもなくキサラギは彼女の信頼に背いている。

彼女とはこの星でともに働いてきた。最初に、ここに来たときに何もわからなかったキサラギを助けてくれた現地民だった。彼女は意固地なところもあり、またその場の気分で動くときもあって、周りから扱いにくいと思われていたけれども、少し患者に対して感情的になってしまうだけで仕事熱心な看護師だったのだ。

それなのに患者のためといいつつキサラギは、彼女の子どもを実験体のように扱っている。

沈黙しているキサラギにフェイチェンは、どこか遠くを見るような目つきで語りかけていた。

「慣れない惑星で胃腸を壊してものが食べられない状態でも、あなたは身体を休めながら、各スタッフの橋渡しとして連絡だけはやってくれていた。皆が無理をするのを止めていたのに。寝ていても私たちの言葉を連絡することくらいはできると……」

ゆっくりと顎を持ち上げてフェイチェンは言葉を続けた。

「あなたの言葉を信じるわ」

弱々しくも柔らかい彼女の声だ。

いつでもキサラギの助けになってくれた彼女の声だ。

信じると言ってくれた彼女の目を心は受け止めきれないけれども、逃げるわけにもいかない。顔を背けないことだけが彼女への誠意だ。

フェイチェンは力なく笑いながら言う。

「あの医者は疑っているけど、今までこの惑星でずっと私たちのために頑張ってきたあなたを信じているわ。……本当に、あの医者は私の息子とは関係がないのよね？」

本当は大いに関係がある。信頼を酷い形で裏切っている。

だがそれを口にするわけにはいかない。

より多くの患者の命を救うため、まだフェイチェンの子どもが必要なのだ。

「はい、関係ありません。信じてくれて、ありがとうございます」

キサラギは少しだけ声のトーンを落として、そう言ったのだった。

◆

キサラギはナイチンゲールの中に入った。頼りなく周囲を見回した。

マイロンは操縦席に座ったまま、キサラギを優しげな眼差(まなざ)しで迎え入れている。

「……大変だったね、お疲れ様」

マイロンは操縦席から立ち上がりながらキサラギに近づいてきた。キサラギは口元を歪めて責める口調で言う。

「盗み聞きしていたんですね、趣味が悪い」

「違うよ。外で騒ぎが起こっているようだったから気になったのさ。君に危害が加えられないかとね」

「彼女たちはそんなことはしません」

憮然としながらキサラギは言い切る。フェイチェンはマイロンはともかく、キサラギは手を出さない。

マイロンは伸びをしながら悲しそうに言った。

「あーあ、疑われて僕は悲しいな」

「疑われるだけのことをしているし、そもそも犯人じゃないですか」

他人事のように告げるマイロンに腹が立ったが、マイロンは気にも留めていないようで肩を揺らしながら話した。

「しかし君もずいぶん慕われているんだね。あれほどの信頼を得るなんて、よほどのことじゃないと難しいだろうに」

「その、私の信頼を利用しているあなたに、そんなことを言われても嬉しくないです」

マイロンの考えはお見通しだ。単純にキサラギをネタにして面白がっているだけだろうし、とりあえず褒めておいて他の無茶ぶりを押しつけようという魂胆なのだろう。

彼はキサラギに指を突きつけて言う。

「その君の反応は正しい！　今もまさに利用しようとしているところだからね」

「……今度は何ですか？」

不安と苛立ちと怒りを混ぜながら、震える声でキサラギは尋ねた。

マイロンは大きく息を吸い込んで答えてくる。

「もう一体ほしい。今度は死ななかった儀式場の異星人だ」

キサラギの顔が大きく歪んだ。

ふざけるなと怒鳴りたい気持ちを堪え（こら）ながら話の続きを目で促す。

言葉が足りないと思ったのか、マイロンは理由を付け足してきた。

「……分析したいことがあるんだよ」

「患者に対してですか？　せめて言い方を改めてください」

きつい声音になってしまう。

だがそんなキサラギの反応にすら興奮しているのか、マイロンは声を上ずらせた。

「もう少し病（かれら）の声を聞きたい。そのためにするべきことがある。キサラギ、手を貸してくれないか」

「そういう意味で言い方を改めろと助言したわけではありません」

マイロンの反応に困惑してしまう。

そんなキサラギに彼は真面目な顔をして言った。

「改めたら確保してくれるのかい？」

「無理です。こうして彼女の子どもを拉致している状況ですら危険なのに」

淡々としているつもりで悲鳴のような声を出してしまい、キサラギは自分で驚いてしまう。冷静な態度に見えるように努めているが心は動揺しているのだろう。そんなキサラギに構う様子を見せることなく、マイロンは彼女へと顔を近づける。

満面の笑みで告げてきた。

「……君はあの異星人と親しかったね」

はっとした彼女を面白がるように眺めながら言う。

「あの異星人に口利きを頼めないのかい？　それができないのなら、もう一体確保するための必要な情報を聞き出すんだ。どこの儀式場なのか何としてでも調べてほしい」

「私に、この星で培った友情を再び裏切れと？」

そう唇を震わせながら、キサラギはマイロンをにらみつける。

「そんなもの、命がなくなれば無意味だろう？」

マイロンの言葉にキサラギは胸に手をあてて押し黙った。

確かにそうだ。マイロンの言葉は正しい。だが、やり方が間違っている。

そう思ったところでキサラギはマイロンを正す手段を持たない。

キサラギは目を見開いて自分の手を見た。無意識だったのか、手が激しく震えていた。

ぎゅっと握りしめて、動揺と怒りを抑え込もうとする。

感情を荒立ててはマイロンの思うがままだ。その程度はキサラギも理解していた。

マイロンは彼女の両肩に手を当てて言う。

「いいかい。よく考えるんだ、キサラギ。彼らが冬眠から目覚めようとしているのは救われるためなんだろう？　流行り病のワクチンを与えることさえできれば、みんな助かるんだ。今後の生を満喫できるんだよ」

一呼吸を置いて言ってくる。

「だが君がやらないというのであれば、みんな死ぬ」

そうだ、マイロンは間違っていない。

このまま放置していれば、また大勢の人が死んでしまうだろう。

儀式場で無惨に息絶えていた死体を思い出してしまい、キサラギは吐き気とともに小さく息を吐き出した。

「誰もこの星の民を救えない」

マイロンは肩から手を離すと彼女の耳に囁（ささや）く。

「……君以外は」

キサラギの肩が小刻みに震えた。無意識なその動作に自分でもびくりとしてしまう。

キサラギは顔を伏せて沈黙してしまった。

マイロンの言葉に従うのが正しいのだろうか。

それともこれ以上、裏切らない道を選ぶほうが誠意なのか。

キサラギには決められなかった。

「英雄になれとは言わないさ。だが見殺しにしなくてもいいだろう。それとも友情という名の君のちっぽけな道徳心を優先するのかい？」

そうマイロンが言ってきたのでキサラギはきつい眼差しをして顎を持ち上げた。

「でも私は、ここで彼らの伝統医療を踏みにじれば、もし彼らが命を救われたとしても私は私を許せなくなるでしょう」

キサラギの言葉にマイロンは変な笑みを浮かべてきた。

なんだろう、とキサラギが疑問に思っているとマイロンは声を低くして言ってくる。

「……そうだね。虚栄心を満たしたいんだよね。いや、プライドかな？　そんな風に言う今の君は自分にしかベクトルが向いていない。それで人を救いたいとは笑わせる」

「何故、そんな風に……」

虚栄心なんかじゃない。否定しようとした言葉は彼の次の声に封じられてしまう。

「だって死んでしまえば、そんなことを考えることすらできなくなるんだよ、患者は」

そう言い切られてキサラギの顔が強張（こわば）った。

そんな表情の変化が面白かったのか、マイロンは声を弾ませながら言葉を続ける。

「そりゃ君は病人じゃない。命の危機にさらされているわけじゃない。だから平気で数多の死体が積み上げられている横で、君は人の命をネタにして悲劇ぶれるんだよね？」

違う、と言おうとしたが動いたのは唇だけだった。

患者のことを考えているのなら、命を救いたいと願うなら、伝統医療のことなど考えても仕方ないはずだ。伝統を大事にしても患者は救えないからだ。

再びキサラギはうな垂れる。そうしてマイロンの声を聞き続ける。

「それに誰かが死ねば、誰かが悲しむ。君みたいに考える余裕すらなくなってしまう。……そんな当たり前のことすら気付かないいんだよね？」

ねっとりとした、わざとらしい口調で言われて、キサラギの心が凍りつく。

「……だって君は内にこもって自分だけの感情を気にしていたいんだものね？」

「そんな風に言わないでください。大体あなたは……ただ病気の正体を突き止めたいだけでしょう」

ようやくキサラギは反論の糸口を掴んで言い返す。

だがマイロンは笑いながら返してきた。

「ああ、そうさ。でも何度も言わせないでくれないかな。それで人が救えるなら問題ないだろう？　違うかな」

「……」

たとえどれだけ穢らわしい想いからだろうが、人が救えるなら問題ない。確かにそうだ。

彼女はぎこちなく息を吸い込んだ。

マイロンは真剣な顔をして言ってくる。

「いいかい、キサラギ。もう一体、用意さえすれば、この病は治る。僕を信じてくれ」

胸につまった息を吐き出そうとすると目元にたまった熱もさらけ出してしまいそうだ。

キサラギは目に力を込めながらマイロンをにらみつけた、その時、

「その辺にしときんさい、いい加減にするんじゃ、マイロン」

ミスト爺だ。

「嬢ちゃん、それ以上、マイロンと会話するのはやめんさい」

ミスト爺はキサラギの手を引いて、無理やりマイロンと引きはがす。

彼は呆れきった声でキサラギに話しかけてきた。

「マイロンはただ自分の思うとおりにことを運びたいだけじゃ。そのために、もっともらしい言葉を後付けで足しているにすぎん。……そいつの言葉をまともに受け取っちゃ駄目なんよ」

「……」

キサラギは目元を弛(ゆる)めた。

ようやく自分の味方ともいえる相手がやって来たからだ。

「ああ、それも否定しないよ」

マイロンは後頭部をかきながらミスト爺に笑いかけた。

「僕は病の本音を聞き出したい。そのためなら何だってする。だからしつこいようだけど何度も言うよ。結果、患者の病気も治る。何が悪いんだ？」

「悪くはありません」

ミスト爺の代わりに言葉を返したのはキサラギだった。

キサラギは深呼吸をする。落ち着いてきたのか、今なら冷静に状況を判断できそうだ。そう思いながら彼女はマイロンを見据えた。

マイロンは予想以上に素早い返答を意外に思ったのか、目を見開きながら言う。

「へえ」

「あなたのそんな性格はわかっていて、あなたが病気を治してくれるのを信じて待っていたのは私です。何も悪くはありません。……悪いのは悩んでいた私です」

迷いなくキサラギは言いきった。

「さて、ミスト爺。僕に文句をつける暇があるなら、やってほしいことがあるんだけど。だいぶ無茶をさせるお願いだけど、決して嫌がらせじゃないからね？」

「……いつも無茶苦茶なことしか頼まれんけえ、そんな前置きはいらんいね」

ミスト爺の苛立った声にマイロンは小さく笑った。

キサラギはフェイチェンから無事に冬眠から目覚めた生命体のいる儀式場の場所を聞き出せた。

キサラギはマイロンとともにミスト爺の協力のもと儀式場に潜入する。そこは他の儀式場とは違って、冬眠するためにわざわざ独自に場を整えていたのだ。洞窟内にあり、岩を深く削って、そこに土や水を持ち込んでいるようだ。

今まで見た儀式場とは違い、こぢんまりした場所なのも納得だ。

そこにはまだ何体か冬眠から目覚めていない生命体が埋められているらしい。ちょうどいい機会だ。

マイロンは儀式場を見てひらめいたことがあったのか、キサラギに提案する。

「ここの儀式場の水や土を採取して調べたい」

「……はあ？　儀式場を荒らすだけではなくモノを盗み出す気ですか？」

「たかが土や水だろう？　大したことじゃないよ」

「あなたにとってはそうかもしれませんが……ここの民にとっては……」

「私は私を許せなくなる？」

マイロンは嫌味に笑って言ってくる。

キサラギは腹の底から怒りの感情がわき上がってきたが我慢する。何とか「お好きにどうぞ」という言葉だけ喉の奥から絞り出した。

個体の拉致は二回目なのもあってスムーズに事は進んだ。

儀式場の水や土も大量に採取できた。

マイロンにとってはいいことずくめだったのか、ずっと彼は上機嫌だった。


早速、マイロンは二体目の個体を検査にかけていた。

キサラギも結果を確認する。血液検査でも異常は出ず、脳の血流も問題ない。

「……この個体には何も問題がありません」

驚いた声で検査データを見ながらキサラギは言った。

「うん、正常な個体の検査値も入手できた。これで何がおかしいのか比較もできるね」

マイロンは彼女に返事しながらリトルグレイに呼びかける。

「両方の個体の遺伝子検査をお願いしていたけど、結果は出たかい？」

キュイと声がしてホログラムモニターが目の前に映し出された。

それを見て「ああ、やっぱり」と彼は感嘆の息を漏らしたようだった。

「どうしたんですか？」

キサラギは近づいてモニターを覗（のぞ）き込（こ）む。

マイロンはデータの一箇所を指差して言った。

「君にもわかるだろう？　この二体の遺伝子が圧倒的に異なることに」

よほどキサラギがわかっていない様子だったのだろう、マイロンは肩をすくめて丁寧に説明してきた。

「正常に冬眠している個体には、別の異星人のＤＮＡが混ざっているんだよ。この星の子を産む生態系は雄雌交わって子を産む形だから……」

「つまりハーフってことですか」

「ハーフというほど近くはないけど、ご先祖様に別の異星人がいるんだろうね。そして、これは両方の儀式場に使われていた水と土の成分値だ」

マイロンはもう一つホログラムモニターを表示させてキサラギにデータを見せてきた。

興味津々に感じながら確認したキサラギは小さな声を上げる。

「こちらも成分がまったく異なりますね。どういうことなんですか？」

「答えはリトルグレイが教えてくれるとも。……おおい、どの惑星のものか照合して検索結果を出してくれないかい？」

キュイとやる気の窺える鳴き声がして、すぐに結果が表示される。リトルグレイは燃料を補給してもらって元気いっぱいなのだろう。

「やっぱり」

そうマイロンが言ったのでキサラギは首を傾げて問い返す。

「さっきから、やっぱりと言ってばかりですね。一体、何がわかったんですか？」

「この水と土、そしてこの異星人のＤＮＡは同じ惑星のものだ」

「……」

嫌な予感がしてキサラギは顔を僅かに歪める。

代々、覚醒には故郷の土と水が使われると聞いた。正常に冬眠から醒めた個体は、先祖の故郷である別の星から土と水を持ち出して儀式に利用してきたようだ。

キサラギは腕を組んでしかめ面になりながら言う。

「ドクターマイロンの言い分だと、まるでこの星の土と水が悪いように聞こえるんですが……」

「実際に悪いと思うよ。だけど切り分けは大事だよね。……リトルグレイ、ここに水分を抜いた両方の土がある。成分値を出してくれないか。多少の誤差は同じと見なして構わないよ」

マイロンの差し出した小瓶の中身が瞬時に消えて、代わりにキュキュイと声が聞こえる。リトルグレイが成分値の結果も即座に出してくれた。

「こちらは……多少の違いはありますが、先程とは違って大きな差はありません。同じに見えます」

キサラギの言葉にマイロンは頷いて返す。

「実際に同じなんだよ。だから原因は水だね」

今回の病は成分が変質した水が原因で引き起こされたものに違いない。

だが何が原因で変質したのか。何をきっかけに取り込んでしまったのか。それを突き止める必要がある。

マイロンは再びキサラギが集めた冬眠覚醒の儀式に関する資料に目を通しているようだ。そこで驚きの声を上げる。

「ああ、思い出したよ、何とか何とか……ネムリユスリカだ」

「ええと。前にあなたがお話ししていた、ナントカナントカってやつですか?」

マイロンはキサラギの問いに大きく頷いた。

「ネムリユスリカ、地球の生物だよ。昆虫の一種だね」

彼はモニターに画像を表示させた。

「そうだ、彼らの性質はあれの幼虫とよく似ている。完全に乾いた状態で仮死状態になり再吸水して蘇(よみがえ)る。クリプトビオシス、君も聞いたことがあるだろう。つまり――今回の病(とも)の根幹は水だ」

水を再吸収したことで毒をも取り込んでしまったのだ。

乾ききった覚醒前の個体までも異常が見受けられたのは、あの儀式場に屋根がないせいだろう。雨が降っても遮るものはない。かなり深く埋められてはいたが多少の影響は受けてしまったのだろう。

あとは変質した水の成分を探すだけだ。

マイロンは別のホログラムモニターを表示した。ミスト爺の顔が映りこむ。何の呼びかけもなく通信を強制的に繋(つな)げられたことに苛立っているのだろう。不快げにマイロンを見ている。

そんな彼の視線を受け流している様子でマイロンは明るい声で言った。

「……ミスト爺。この惑星にある、ありったけの色々なものを集めてきてほしいと頼んだけど、どうなったかな？」

「ナイチンゲールの倉庫に、とりあえず小さくした破片を色々入れておいたいね。お前の依頼は曖昧で本当に困るんよ。少しは詳しく人にわかるように説明する努力をしんさいな。……ええか？　お前はそんな適当にやるけえ、無駄に金を浪費するんよ。例えばこの間の燃料購入だって、外部に発注かけたときに仕様を穴だらけにしとったじゃろうが。じゃけえ、あんな質の悪いもんを掴まされてしまうんよ。あれはお前が完全に悪いいね。ちなみにそれだけじゃない、ナイチンゲールのメンテナンス部品だってお前がちゃんとリストにしてないけえ……」

ミスト爺は普段から積もりに積もっているのであろう、マイロンへの不満を金の恨みとともにぶちまけている。

だがマイロンは聞いていないようだ。双眸を天井に向けて何やら考え込んでいる。

キサラギは気になる単語があったので質問してみることにした。

「ありったけの色々？」

そう言うキサラギにマイロンは鼻息を出して答えた。

「道ばたに落ちているものだよ。小石とか草とか彼らの羽の欠片とか……死体とか。そういったものさ。さて聞こえていただろう、リトルグレイ？　倉庫にあるものを分析して水の成分と似通ったものを探してくれないかな？」

すぐさまモニターに結果が出る。どうやらマイロンとミスト爺が会話をしている間にリトルグレイが調べてくれていたらしい。

「……これはなんだい？　小石？　いや、違う、これは……」

マイロンの答えを待たずして別の画面が表示される。この小石が何なのかも、前もってリトルグレイが解答を出してくれていたようだ。

マイロンは歓喜の声を上げた。

「隕石……ああ、そうか、テザー衛星か！」

◆

テザー衛星による擬似流星群の影響で、大気圏で燃やされたスペースデブリの粒子が雨に混じり成分変化を起こしたのだと推測した。

　長い間、降り注いだテザー衛星の欠片は水に混じり、徐々に汚染していったのだ。おそらく飲み水レベルに微量なら取り込んでも問題はないのだろう。だが、冬眠覚醒のときは、それを体内の水分として一気に吸収しようとする。結果、細胞が酸素を使用しなくなり機能を停止し、全身の臓器も多大なダメージを受けることになる。血液が酸性になったのも細胞が酸素を不活化したことの影響だろう。

「さて、答えは出た。間に合ったね、おめでとう」

　そうマイロンが言ってきたがキサラギは暗い気持ちが晴れない。

　そんな彼女を見てマイロンが呆れたように話しかけてきた。

「なんだい、まだ彼らの文化や生命を蹂躙（じゅうりん）したことに後悔を抱いているのかい？」

「後悔していません。あなたの言葉に従ったことにも。……ただ他に方法があったのではないかと感じているだけです……」

「それを後悔と呼ぶ気もするけどね、キサラギ」

　マイロンが馬鹿にしたように言ってきたので、キサラギは何も言えなくなり力なく首をすくめる。

「その場しのぎの儀式より次世代に続く命のほうを大切にするべきではないかい。なにせそのまま迷いを口にした。

「私たちにとってその場しのぎの儀式でも、彼らには違うんです。彼らが何故、伝統医療を大事にしているか、惑星を渡り歩いているあなたなら、その土地の文化を尊重する意味を理解しているでしょう？」

「何百年も続いてきた文化だ。僕が少し壊したところでビクともしないはずだよ」

あっさり言い切ったマイロンを信じられずに目を見開いて眺めた。

マイロンはそんな彼女の視線は無視したように言葉を続けた。

「さて、それはそうと治療方法だ。時間はないよ。今すぐ動かないとね。確か次の冬眠覚醒儀式まで時間はないよね？　それまでに水を解毒しないといけないよ」

「それは彼らの大地に私たちが手をかけるという意味ですか？」

「そうだけど」

あっさりと返答してきたのでキサラギは顔を引きつらせた。

結局、マイロンにはキサラギの想いなど、なに一つ届いていないのだ。

重苦しい息を吐き出しながらキサラギは言った。

「彼らにとって土地は神聖なものです。水だって……これ以上、彼らの尊厳を踏みにじるような真似は……」

「じゃあ見殺しにする？」

マイロンの言葉にキサラギは絶句した。

「水の解毒のため、また彼らに我慢をしいるというのですか？　儀式を蹂躙されて、ただでさえ傷ついている彼らの心を、これ以上、汚すようなことをどうやって……」

キサラギは口ごもった。

相手のタブーとしている領域を何度も何度もズカズカと破らせては踏み荒らしていく行為に吐き気がしてくる。

戸惑うキサラギを察したのだろう、マイロンは彼女を説得しようと早口でまくしたててくる。

「我慢をしいるのではない。未来のため、患者に宿る病のために少しばかり努力してもらうだけさ。既に儀式は荒らされているんだ、君が治療のためだといえば水の解毒くらいは大目に見て貰えるのでは？　君は客観的に見ても、そのくらいの信頼は得ているみたいだし。さすが君、今まで現地の文化を尊重している姿勢を見せてきただけあるね。だからこそ、その信頼を今こそ生かすべきだ」

綺麗事だ。だが間違ってもいない。患者を救える行為だ。

キサラギは唇を噛みしめて拳を握りしめている。

「それで、やるの？　やらないの？」

マイロンは微笑みながらも問いかけてくる。やがてキサラギはゆっくり顎を持ち上げて、きつい声音で言った。

「0か1かの問いかけは不毛です。戸惑いを覚えてしまうのは多少大目に見てください。わかりました。やります。彼らを説得します」

キサラギの答えにマイロンが満面の笑みを浮かべる。彼女を説得した達成感を味わっているようだ。

それがわかるだけに、キサラギは憂鬱なため息をつきながら顔をマイロンから逸らした。それに、まだ大きな問題もある。

そんな彼女の表情が気になったのか、マイロンが「どうしたんだ」と珍しく問いかけてくる。キサラギは小さく呻き声を洩らして言った。

「ですが、私が彼らを説得したとして、どうやって水の解毒を行うんですか。方法もそうですが時間的制約もあります。もう数時間で、新たな冬眠覚醒の儀式が行われます。とても間に合いません。それに水分汚染はこの星全体に広がっているのでしょう？」

なんだ、そんなことかと言わんばかりの顔で、マイロンは彼女の肩を叩きながら言ってあげる。

「心配しないで。簡単なことだよ。既にリトルグレイに頼んでナイチンゲールに、解毒のための薬を全儀式場周辺に散布するようオペレーションをインプット済みだ。あとは僕が指示するだけで遠隔操作で自動的にナイチンゲールから超小型化された解毒剤が、全儀式場に発射されるという段取りさ。もちろん一時的な処置で、結局、根本解決には至らないが、今回の儀式の対応としては十分だろう」

「全儀式場？　この惑星全てということですか？　来たばかりのあなたが把握できるデータ量とはとても思えないのですが」

「だいぶ前から時間をかけてリトルグレイが頑張ってインプットしていたみたいだからね。あ、もちろん僕も協力していたよ。入力しやすいようにデータ整理をしたりね」

「解毒剤の用意って……さっき原因がわかったばかりですよね」

マイロンの手を振り払って銀色の横髪をかき上げながらキサラギは言う。マイロンは子どもに言い聞かせるように優しく説明してきた。

「毒だとわかった時点で、ある程度、候補の解毒剤を揃えておくのは当たり前だろう？」

キサラギは血の気を失う。

彼女はしばらく沈黙して、ようやく口を開けた。

「……すみません。言っていいですか」

「どうぞ」

「あなたの言葉を聞くに私が彼らの説得を了承するのを前提に、ある程度今回の病気について予測した上で、事前に準備していたように思えるのですが」

見抜かれてしまった、と悪戯(いたずら)っ子のようにマイロンは目を輝かせた。

彼はどう誤魔化(ごまか)そうかと思い少しだけ悩んでいるようだ。だが、その時間も勿体ないと思ったのか、簡潔に返答を言葉にしてきた。

「違う」

首を素早く横に振りながら真面目な顔をしてキサラギに告げてくる。

「最初から君のことを信じていたんだよ」

「ものは言いようなのですが」

「君ならきっとやってくれると思っていたんだ。だから僕はスムーズに事を進めるために事前に頑張ることができたんだ」

「言葉を変えただけですよね、それ」

「さて、忙しくなるよ。時間は有限だ。効率よくいこう」

「ごまかしましたよね、それ」

これ以上言葉を交わすことはないと言うように、ナイチンゲールに向かおうとするマイロンを見てキサラギは低い声音で言った。

「それではすぐに説得に向かいます。説得が終われば連絡しますので。安心してください。こちらも、そう時間はかからないと思います。……ああ、それと……」

キサラギは今までの恨みをたっぷり声に乗せて告げた。

「解毒の準備とともに、拉致している方々をバレないように解放してくださいね。それを忘れたら、承知しませんから」

自分でもわかる、ふてぶてしい笑みを浮かべながら、そう彼女は言いのけたのだった。

◆

結論からいうとキサラギの説得は無事終わり、水の解毒は行われた。

とはいっても地球製テザー衛星を使用する限り、水は再び汚染されるだろう。後々、どのようにして解決していくかはアクト№.１と星境なき医師団で話し合いして決めていく必要があるが、そこはもうキサラギたちが関与しても仕方のない部分だ。

アクト№.１を発とうとナイチンゲールに乗り込んだマイロンの後を追ってキサラギは船に乗り込んだ。

「……どうしたのかな」

マイロンの言葉にキサラギは淡々と返す。

「私も、あなたと、ともに行きます」

「星境なき医師団に君のことは言っていないんだけど？」

「既に手配済みです。ご心配なく」

　そう言いながら彼女は空いている後部座席に座り込んだ。

「それより今から発つということは、もうこの星の滞在期間が過ぎたのですか？」

　キサラギはマイロンの方を見ながら尋ねる。

「いいや？　まだ少し残されているけれど、それが何かな？」

「なら宇宙飛行場に行く前に、ぜひ立ち寄ってほしいところがあります」

　この場所です、とキサラギは携帯端末の画面を見せた。

◆

　キサラギが立ち寄りたかった場所は儀式場だった。暗い夜の中で、ちょうど冬眠覚醒の儀式が行われる真っ最中だったのだ。

　河から流れ出た水が大地全体に浸み渡っている。

　土深くに浸透しきったのだろう、水を吸い込んで覚醒した巨体人型の異星人たちが土から次々と顔を覗かせている。中には、もう身体全体を地上に出しきっているものたちもいた。

　光景の一部だけ見れば、なかなか不気味だが、全体で見ると真っ暗な夜に儚い光が浮かび上がって幻想的だ。

そんな彼らは薄い羽をいっぱいに伸ばして小刻みに震わせていた。羽は青く発光しており、儀式場のあちこちを星の瞬きのように彩っている。

頭上にもテザー衛星による偽物の流星群が広がっていた。

空も大地も偽物の光に照らされて、それでもこの場所が美しいと喜ぶ異星人たちは多い。どうしようもない毒がテザー衛星のせいで広がり、ここの民を苦しめているとも知らず、観光客は刹那の享楽に酔いしれているのだ。

だが、それでも誰も死んでいない。

儀式では誰も犠牲になっていない。

マイロンが救ったのだ。

マイロンの視線を感じ取り、気持ちが伝わったのかと期待してキサラギは笑顔を彼に向けて言った。

「あなたは……これだけ多くの人を救うことができたんです。どうですか？」

「どうだろうね」

「どうだろうねって……そんな……だって、あなたは総合診療医なのに今回は自ら皆さんを治療するのに手を貸してくれたじゃないですか。前回と異なる行為をしてくれたのには意味があるのでは？」

「単に何だかんだで時間が余ったからだよ」

マイロンはあっさりとした様子で答えてきた。

彼には何も届かない、伝わらないのだ。

そう思いながらキサラギは目を伏せて唇を噛みしめている。

そんなキサラギの様子を不思議そうに眺めながらマイロンは告げた。

「もう一つ言うと、どこまで君が病のために自分の虚栄心を自らの足で踏みにじれるのかと思ってね。でも僕は逆にがっかりだ。君を苛めれば苛めるほど、きっと君は病の声が聞こえるようになってくれると思ったのに、こんな疑似流星群と冬眠覚醒の現場なんかを僕に見せて、意味のわからないことを言うなんて。まったく期待はずれもいいところだよ」

「なんで、そんなことを言うんですか？　あなたは、あの空を見て何も……」

キサラギはそこまで言いかけて、マイロンがもう窓の向こうを見ていないのに気付き、口を噤んだ。これ以上、彼に言葉を投げかけても無意味だろう。

キサラギは無表情を取り繕って、すぐに窓へ顔を戻す。

いつの間にやって来たのか、ミスト爺も操縦室にいて窓から外の儀式場の風景を眺めている。無意識に口元を弛めているのを見ると、彼としても、なかなか満足のいく光景なのだろう。

ミスト爺はキサラギに話しかけた。

「……で、どうしてナイチンゲールに嬢ちゃんが乗り込んでくるんじゃ」

「成り行きです」

「何が成り行きなんかのう」

ミスト爺はキサラギの存在に不満そうだ。

「いいじゃないか、器が増えれば、それだけ新しい病に会える可能性も広がる。僕にとってはいいことずくめだ」

「そんな風に感じて口に出すマイロンは本当に人間性が屑じゃのう」

マイロンのフォローにもミスト爺は不満らしい。

「屑でも、結果的に、こんな景色を見られるようにしてくれたというのなら、私は構いません」

キサラギは少しだけ恥ずかしがって微笑みながらミスト爺に言う。

「……そうじゃのう」

ミスト爺も苦笑しながら答える。

マイロンは一人、不思議そうな顔をしてキサラギたちを眺めていた。

◆

マイロンはどこかに行ってしまった。

ミスト爺は彼にはついていかなかった。

あえて残ろうとしている気配を訝しく感じながらもキサラギは何も言わずにいた。

キサラギが窓から空を眺めていると背後からミスト爺に声をかけられる。

「嬢ちゃん、冗談じゃなく、なんでこの船に乗ろうと思ったんか教えてくれんか」

「……え？」

振り返るとミスト爺は真剣な顔をしていた。

「……嬢ちゃん、もしこのまま船に乗り続けるというのなら、その理由をきちんと人には言えるようにしたほうがええいね」

「どういう……意味ですか？」

意図的に感情を殺して尋ね返す。

質問を質問で返す、それが相手にとって失礼な態度だとしても。

そんなキサラギの僅かな戸惑いを読み取ったのかミスト爺は自虐気味に笑って答えた。

「マイロンの考えは常人に理解できるもんじゃない。普通の人間なら、すぐについていけなくなる。もし自分の中で考えがまとまりきれん言うんなら、嬢ちゃん、時間は有限じゃ。その時間は別に使ったほうがいい」

「でも、私は……」

キサラギは彼から顔を背けた。

マイロンに何故ついていきたいのか。その感情をキサラギ自身にも説明できない。

ただ彼を支援すれば今以上に患者を助けることができるだろう。

その確信に背中を後押しされているだけだ。

ミスト爺は嘆息混じりに言った。

「この景色をそんな表情で見ることができるというのなら、もうそっち側に足を踏み入れとるんかもしれんけどな」

儀式場の様子をこうして見ることの、何がどう足を踏み入れているというのか。どういう意味なのか。キサラギはミスト爺の真意が理解できずに言葉を失う。

「ほう、嬢ちゃん、気付いておらんのんか」

ミスト爺は口元を歪めたまま言葉を続けた。

「……」

「見なかったことにしとったんか。それとも気付かないふりをしたんか。こんな汚らしいものに」

汚いことには気付かないほうがいい。その理屈はわかる。

だが一人の犠牲者も出さないで無事に進んでいる、この状況は決して汚いものではないはずだ。ミスト爺だって口元を弛めながら外を見ていた。あれは同意を意味していたのではないのか。

呆然としているキサラギを哀れんだように見ながらミスト爺は話した。

「こんな水と土しかない星が観光地になるまで発展するのに、この星だけでできるわけないじゃろうが。テザー衛星を与えるだけで終わるわけないじゃろうに。それではお互い、何も産み出さないからのう」

急に切り替わった話題にキサラギは首を傾げた。

彼は一体、何を説明しようとしているのか。

だが、その疑問は、次のミスト爺の言葉で氷解した。

「観光地として入ってきた金の何割かは地球に流れとるんいね」

「……ミストさんは、この儀式は地球によって食い物にされてしまっている、と、そう言いたいのですか？」

慎重に言葉を選びながら口にしたことをミスト爺はあっさりとした様子で受け流す。

「別にそれ自体はいけんことでもなんでもない。金を稼がんと人は生きていけん。受け入れるべき現実いね」

キサラギは押し黙る。

ミスト爺は僅かに声を低めて言った。

「地球が関わらんかったら、この星は誰にもこんな景色を見せることなく粛々と儀式を行い続けたじゃろうが」

ゆるりと暗い瞳をキサラギに向けてきた。

「……そう、一人の犠牲も出さずに」

その言葉にキサラギは僅かに目を見開いた。

「儂には、そっちのほうが、この星にとって幸せだと思えるが、嬢ちゃんはどう思う？」

わからない。

ありもしないことを仮定の上だとしても軽々しく考えられない。

「答えられんか」

ミスト爺は少しだけ嘲り混じりに言った。

「地球も馬鹿じゃないいね。犠牲が出ることも、責任を問われかねないことも理解しちょる。その上で、小銭が入ってくることも、金以上のものを産み出す実験の成果物が手に入ることも把握済みいね。……そして、それをこの星はよしとしとるんじゃろう。儂らが安易にどうこう触れられる問題じゃない」

どうしようもない諦念の込められた声にキサラギは顎を持ち上げた。

彼の本心を垣間見た気がして、心が掴まれるような想いに縛られて何も言えなくなる。

キサラギにとってはミスト爺に配慮するための行動だった。

だがそれをミスト爺は勘違いしたのか、感情を消した声で続ける。

「そういう風な顔をするってことは、嬢ちゃんも地球について何かしらの事情持ちなんじゃろうが……また質問させてもらういね。その時まで用意して……」

「待ってください」

このまま誤解させたままでいるわけにはいかない。

言葉を選ぶ余裕も持てずにキサラギは想いのまま口にした。

「私はお金以上のものを産み出す成果物なんてどうでもいいですし、ミストさんの言葉も完全に理解しきれていないでしょう。だからミストさんが欲しがっている言葉もよくわかりません。……ドクターマイロンについて行きたい理由も、ミストさんにはうまく話しきれる自信がありません」

ぐっと奥歯を噛みしめて戸惑いごと口から吐き出す。

「それでも私は病気がきっかけだとはいえ、この星でフェイチェンに逢えたことは嬉しく思っています」

無理やりでも笑顔を形作る。

「もちろん、ミストさんに逢えたことも」

ミスト爺は賢明だ。こうして紡ぐキサラギの言葉が、あくまでその場しのぎにしかならない言葉遊びであることを、すぐに理解するだろう。

キサラギにはマイロンに対して表現できない感情を抱えている。

もちろん地球に関してもだ。

こうしてミスト爺が地球について悪事を晒(さら)すたびに焼けつくような痛みと鈍い吐き気が身体と心に広がっていく。単純に綺麗事だけでは済まないものがこびりついている。

息を大きく吸い込んで、多くの嘘を入れ混ぜたまま、それでも根幹を支える本音だけは誤魔化さないように意識しながら口を開いた。

「数多の出会いに感謝を」

そんなキサラギにミスト爺は皮肉げに唇を歪めた。

「……納得いかんけど、まあ、よかろ。嬢ちゃんを苛めたいわけじゃないいね。それに人のことをどうこう言えた義理じゃない。儂も地球と同じように、なりふり構わず金を稼ぎたいだけじゃけえのう」

カルテ3　心のない異星人がかかる鬱病

　キサラギはナイチンゲールが今どこに向かおうとしているのか知らなかった。マイロンに尋ねようとしたが、彼は腕を組んで、ずっと操縦席に座ったまま瞳を閉じて動かない。まるで眠っているように見える。

　彼は人型だが、人間のように睡眠を取るとは考えてもみなかったのでキサラギにとって驚くべき事実だ。

　興奮しながらキサラギはミスト爺に尋ねる。

「彼も眠ることがあるんですね」

「やる気がないときは、いつもああじゃ」

「やる気、ですか？　病気を目の前にしたら、何だってやる気を出すのでは？」

「今回は惑星のお偉いさんから呼ばれたんじゃ。マイロンの意志じゃない」

　だからマイロンのテンションは下がっているのか。

　キサラギは納得しながらも腑に落ちなくてミスト爺を見る。

　星境なき医師団に所属している以上は、最終判断の権限は本部にある。ある程度興味を持つことはできても、マイロンの意志とは関係なく各地の星に派遣されるのが基本的な運用だと考えているからだ。

　だが、どうやら、その考えは間違っていたようだ。

　ミスト爺が疲れたように答えてくれた。

「マイロンは、行きたい星は自分から選ぶし、基本的にはそれはすんなり通るん。じゃけどほんまはもっと行きたい惑星があったのに、今回は邪魔されて子どもみたいにふてくされとるんよね」

　ミスト爺は嘆息とともに愚痴をこぼしている。

「自分の好きなように患者を看ずに病気を診たいマイロンの性格は病気いね。それがちゃんと金に結びつくんならともかく、貧乏惑星ばかり行くけえ、金を稼ぐ手段すら見つけにくいんじゃけえ。全部、マイロンのせいいね。あいつがもう少し全体を見通した上で動いてくれれば……」

「あなたはドクターマイロンをそんな風に言うんですね」

　キサラギは意外だと考えて言葉を続けた。

「何故ミストさんはドクターマイロンに付き従うのですか？」

　ミスト爺は答えない。代わりに別の言葉を口にした。

「ほら、可愛いじゃろ。リトルグレイじゃ」

　どうやらミスト爺はホログラムモニターを出してリトルグレイの姿を表示させているよ

うだ。リトルグレイのキュイという鳴き声が聞こえる。

「リトルグレイの生体ユニットがどこにあるか知っとるか？」

「いいえ」

ミスト爺の問いにキサラギはすぐに答える。

一体、ミスト爺は何を思って、こんな話題を振ってきたのだろうか。

そんな彼女の困惑はわかっていたと言わんばかりにミスト爺は小さく笑い声を上げた。

「……そうじゃろう。何故なら儂しか知らんけえのう」

「そうなんですか？」

キサラギの言葉にミスト爺は自信満々に言った。

「ナイチンゲールはあいつの頼みで儂が造った。リトルグレイは儂が生かしたんよ」

「その話と私の問いと、どう関係が？」

「マイロンは、あの通り無茶苦茶な奴じゃ。儂がおらんと、リトルグレイがどうなるかわからん」

「リトルグレイのためなんですか？」

「そうじゃな。このリトルグレイが金食い虫で、儂はとにかくこいつのために金を稼がんといけけん。こいつは本当に質の良い燃料じゃないと満足に稼働できんのんじゃけえ。一つ目は……そういう理由いね」

言いづらそうにするミスト爺にキサラギは「二つ目は？」と尋ねた。

彼は浅く息を吐き出すと嫌そうに答える。

「マイロンのためじゃ。あいつは無茶苦茶じゃが成果は出す。儂が支援すれば尚更（なおさら）、患者を救える確率が上がる」

「ですが、ミストさんはドクターマイロンについて良く思っていないのでは？　それなのに……」

「儂がどう思おうが関係ない。結果を出せれば、それでええんじゃ。……で、嬢ちゃん、もう一度聞くがな、何故この船に乗った？」

そこでキサラギは察した。

ミスト爺が自分から身の上話をするとは意外だと思ったが、この話の運びようを見るに彼女にその質問をしたくて答えやすい状況に整えたのだろう。キサラギに気を遣っているのか、そうでないのか、ミスト爺もなかなか面倒で無茶苦茶な性格だ。

「……数多（あまた）の出会いに感謝を。……まあ、ドクターマイロンが本当に眠っているのなら話を続けてもいいのですが……」

キサラギは操縦席のほうに目をやった。半ば勘に近い感情で口にする。

マイロンはぱちりと目を開けた。

キサラギたちのほうに目を向けず、小さく肩を揺らしながら話しかけてきた。

「驚いた。ばれていたのか」

「呼吸音である程度わかります」

勘だとは素直に言えず、キサラギは誤魔化す。

キサラギの言葉にマイロンは腹を抱えて笑ってくる。キサラギは苛立った声を上げた。

「……どうして笑うんですか。呼吸音を馬鹿にしないでください。異星人相手でも通用する、気持ちの読み取り手段なんですよ」

「別に馬鹿になんかしてないさ。僕の身体は数多の異星人のパーツで構成されている。そんな僕の呼吸音の正常やら異常がわかるなんて、なかなかユニークだね、君」

「それは……ええと……」

普通の異星人ではないと思っていたが、まさかそこまで身体を改造しているとは思わなかった。それにいたずらに彼の事情に触れてしまったような気がして口を噤んだ。

マイロンの告白に戸惑うキサラギに、彼は彼女に首を向けて笑みを見せた。

「嘘をつくことを悪いと言っているわけじゃないよ。嘘はときに冗談となり状況を好転させる。僕が眠っているかどうかを試したくて言ってみたんだろう。そんなに僕に聞かれたくないってことなのかな？」

そんな風にマイロンに気遣われてもキサラギの気持ちは沈んだままだ。

悪くなりかけた空気を察してミスト爺が話題を変えた。

「……なんにせよ起きたのはええことじゃ。眠るふりでも何でも、休んだら少しはやる気になったんかのう」

「ぜんぜん」

マイロンは即答する。

「……向こうの惑星の情報は見たんかいのう」

「ぜんぜん」

迷いなく返事したマイロンにミスト爺は立ち上がった。

「ほら、マイロン、これを飲みんしゃい」

そうして彼がマイロンに手渡したのは真っ赤なパッケージの缶ジュースだ。

キサラギには見覚えがあった。

「鮮烈の赤……最近、流行(はや)っちょる興奮剤の一種じゃ。合法ぎりぎり、麻薬とエナジードリンクの中間みたいな位置づけの飲み物いね」

「いらない」

すぐにマイロンは彼にそれを返す。

「我(わ)が儘(まま)言いんさいな。これを飲むとやる気が出てきて惑星の情報も見たくなるいね」

「ならない。見たくないって言ったろ」

無理やり缶ジュースを押しつけようとする彼に抵抗しながらマイロンは話した。

「あの星は僕を二ヶ月も拘束するつもりだ。どうして、そんな星に僕が気を遣わなければいけないんだ。……言っておくけど僕には目的があるんだ。そろそろあの星に行くための準備が整うから目指そうと思っていたのに。確かにまだ確実ではないけれど、どれだけ僕が我慢を積み重ねて……そろそろ良いタイミングだと思っていたのに！」

「は？……何を言うちょるんじゃ。相変わらず唐突に電波になるよのう、マイロン。それにこれから行く星には、お前も見たことのない病がおるよ。見てみれば気が変わるいね。それとも心の病気はお前の診察対象外かいのう？」

「僕の知らない心の病気だって？」

マイロンの驚いた声にミスト爺がニヤリと笑った。

キサラギはミスト爺の行為に感心する。ああやってマイロンを持ち上げれば彼はすぐに動いてくれるのか。参考になるとキサラギは心中で頷くのだった。

◆

今回、キサラギたちが招かれたのはミオラルドと呼ばれる、他の惑星と比べて比較的文明が発達した星だ。大体、星境なき医師団が活動する星は貧困環境であることが多いため、こうして戦争もなければ医療施設も充実した裕福な星に来ることは稀だ。

ミオラルドの首都ピオにある宇宙航空センターに降りてきたマイロンは、建ち並んだ高層ビルや力場を利用した建築物など周囲の施設を見回している。隣にいるキサラギは携帯端末でこの星の情報を確認して話しかけた。

「ここの異星人は感情の起伏が薄く……脳の感情を司る部位が極端に小さいんですね。ただ、そうはいっても他の部位は高度に発達しているので、知能も文明レベルも高い……星境なき医師団としての私たちが来る意味はあるんですかね？」

この星の民は知能レベルが高い。外見は地球人を小柄にして頭を一回り小さくしたような形だ。周囲には、そんな容姿の異星人が多数存在している。

マイロンは肩をすくめて彼女の疑問を受け流す。

「感情の起伏が薄いっていうことは心がないってことかな？」

「またそう場も弁えず嫌味を……お前の言いたいことはわかるいね。何でそんな異星人が心の病気にかかるんかってことじゃろうが」

マイロンの気持ちをミスト爺は代弁するかのように答えた。

早く心のない異星人がかかる心の病気について詳細を知りたいと思っているのか、マイロンはどこかそわそわしている様子を見せている。

そんなマイロンに明るく声をかけてくる人物がいた。

「……ドクターマイロン！」

その方向を見ると黒い質素なドレスに身を包んだ長い金髪の女性がマイロンに駆け寄ってくる。どこか知性を感じさせる青い瞳にすっとした顎が印象的だ。ここの民は地球人に比べて身体のバランスが悪いのだが彼女は比較的見栄えの良い容姿をしている。

見覚えはないが、マイロンの名前を知っているということは星境なき医師団をこの星に呼んだ関係者の一人だろう。

彼女はマイロンの前に立つと恥ずかしそうに身を捩りながら言ってくる。

「ええと、サインをください……ではないわね。あの、私はあなたのファンなんです。あなたが忙しいのはわかっていて、お呼びしてしまって……」

頬に手を添えて紅潮した顔を見せてきた。

「ごめんなさい、こんな時、どういう対応をすれば失礼がないかしら。……ドクターマイロンのメンバーは地球人がメインと聞いていたから、地球ではドレスを着て相手を歓迎すると聞いていたのでこんな格好でお迎えしたのだけれど、変ではないかしら？」

困ったように首を傾げる女性を見ながらマイロンは思わず呟いてしまったようだ。

「一体、どこの何の感情がないと？」

ミスト爺は緩やかに首を横に振るだけで答えようとしない。

「ああ、他の方々はドクターマイロンと同じ星境なき医師団所属医療チーム『ナイチンゲール』のメンバーかしら。初めまして、私は地球共同開発ピル研究所のメディカルリーダー、キャナルと申します。宜しくお願いするわね」

ミスト爺は軽く会釈をしただけで会話をしようとしない。

キサラギはマイロンに視線を送り、彼が最初に挨拶するべきだと促す。

マイロンは少し考え込む様子を見せながらキャナルに話しかけた。

「君が僕を呼んでくれたキャナル博士と同一人物とみていいのかな？」

「ええ。まさか来て貰えるとは思わなくて。急なお話でしたでしょうに。それなのに……本当に感動よ。胸がはちきれそうだわ」

キャナル博士は興奮しっぱなしだ。息は荒く顔も真っ赤だ。

「確か君はこの惑星の住人だよね」

「ええ。……何か問題でも？」

目を瞬かせる彼女は手を叩いて明るく笑った。

「ああ、わかったわ。きっと私が送った資料を見たのね。なら私を見て驚くのも無理がないわね。このような性格だけど、私は立派にこの星の住民だわ」

嘘だ。キサラギは知っている。マイロンは送った資料のほとんどに目を通していない。

さすがに正直なことは言えなかったのか、マイロンは曖昧に笑っている。

「こんな所で立ち話もなんだから、研究所に案内するわ。そこでぜひあなたに診てほしい症状の病気があるのよ」

「案内されている間が惜しいから、研究所に向かいつつ情報を話してほしい。僕がこの星に滞在する期間は宇宙共通暦に換算して二ヶ月しかないんだからね」

「三ヶ月だわ」

マイロンの沈黙をキャナル博士は楽しむかのように軽やかな声で話し続ける。

「一ヶ月多めに申請しておいたので、三ヶ月で受理されているはずよ。確認してみてくれるかしら」

マイロンが疲れたように目を瞬かせた。ゆっくりと身体をふらめかせる。

もしかすると彼は、この星に三ヶ月も滞在しなければいけない事実に目眩を覚えてしまったのだろうか。もしそうなら彼にも人間らしい感情があるようだ。

マイロンは乾いたような笑みを浮かべながら告げる。

「……とにかく限られた時間を有効に使いたいという、僕の気持ちは読み取ってほしい」

キャナル博士はにこやかに笑いながら、キサラギたちを宇宙航空センターの出口まで案内する。

「ええ、そんな限られた時間だというのに、次々と奇跡のように病の治療方法を見出すあなたを本当に尊敬しているのよ」

マイロンの場合は悪評が広がるだけ広がっているのに、中にはこんな奇特な異星人もいるようだ。

センターの外に出ると、重力操作で動く最先端技術を用いた円形の乗り物がすぐにやってくる。キャナル博士が用意してくれたらしい。

それにキサラギたちが乗り込むと、自動的に乗り物は動き出した。研究所に向かうのだろう。

マイロンの隣に座ったキャナル博士は病気について話し出した。

「あなたの認識通り、私たちは感情が薄い。だから基本的に周囲の影響を受けずに効率よく仕事を行えるの。もちろん各個別の知能に差はあるけれど、それでも基本的には似たような作業効率で仕事を行えるのよ」

「それが、最近、異変が起こったんだね？」

「ええ、それも私の勤める研究所の所員にね。……研究者の作業効率が極端に落ちているの。それだけではないわ。頭痛と喉の詰まりを訴えているのよ。しかも無断で仕事を休んだり、更には研究所を急に辞めたり……それだけでなく家から出てこなくなったり……。仕事をしばらく休むと回復してまた勤めに来るのだけれど、また会社に来なくなったり……。もしかしたら研究所の仕事がきついのかもしれない……私はこれを鬱病だとみているわ」

マイロンは顎に手を添えてキャナル博士に質問をする。

「君の研究所にはミオラルド人だけかな？」

「いいえ、地球人もいるわ」

「症状の出ているのは両方？」

「いいえ、ミオラルド人だけだわ」

　確かに興味深い症状だと思いながらキサラギはマイロンを一瞥した。彼の口元が大きく歪んでいる。彼も大いに興味を持ってしまっているらしい。

　頷いたマイロンにキャナル博士はくすりと笑いかけてくる。

「心のない異星人がかかる心の病気……さあ、三ヶ月であなたは症状の原因と治療方法がわかるかしら？」

　心のないはずの異星人に感情たっぷりに言われると、なかなか複雑な気分だ。

　キサラギは顔をしかめながらキャナル博士の顔を観察した。

　一体、この星で何が起こっているのだろうか。

◆

　キャナル博士の勤めている研究所は、地球とミオラルドに住む異星人による人的・文化交流を目的として共同研究を行っていた。ミオラルド側にしかない特別な鉱物を利用して他のものに加工できないか研究しているようだ。

今、地球側は感圧塗料と生命維持装置を提供し、ミオラルド側はその塗料をミオラルドにある鉱物の成分を利用して製造するなどして技術提携していた。またキャナル博士は、その加工された塗料成分を何かしらの薬として加工できないかを専門にする研究員として働いているのだった。

実際にこの研究所にも、地球と共同研究している感圧塗料と生命維持装置が組み込まれており、建築物の外観、内観全ての壁は感圧塗料で染色してある。感圧塗料により大気の圧力を特殊なカメラを取り入れたシステムで解析して、異常があればすぐにわかるようになっているらしい。

キサラギたちは研究所に入り、早速、キャナル博士の案内のもと医療室にいる患者と対面しようとしていた。

感圧塗料なんて聞いたことがない。

キサラギはこの場所で行われている研究テーマに興味を持ってしまい、研究対象の塗料が塗られている壁に触りながらミスト爺に話しかけた。

「ミストさん、感圧塗料とは何ですか？」

「なんじゃ、嬢ちゃん、地球出身のくせに、その辺は知らんのか。圧力に反応して色を変える塗料じゃ。そうじゃな、簡単に説明すると……」

ミスト爺は親切丁寧にキサラギに説明をしてくれた。

感圧塗料とは、本来ならば風洞での宇宙船の設計・構造テストに用いられるものだが、それを今回は生命維持装置に使用している。生命維持装置では気圧変化を常にセンサーで感知する必要があり、本来ならば気圧センサーを何百台も用意して施設に設置する。だが、ただ生命維持装置の運用のためにそんな費用を投資することは無駄だと考えているものもいるらしく、コスト削減を目的とした生命維持装置つきの施設を造って、そこで研究員が試しに働きつつ、施設の運用実験も兼ねて研究しているというわけだ。

キャナル博士曰く、その研究施設でミオラルド人だけが鬱病を発症しているらしい。ミオラルド人は過去の医療データから、精神病にはかかりにくい傾向があるとされている。それゆえミオラルド人だけが鬱病にかかるのは奇妙な話なのだ。

「コスト削減のためにコストをかける。なかなか面白い発想だね」

そんなマイロンの感想にキャナル博士が答えた。

「今回の研究は、どちらかというと人的交流に重きを置いているわ。地球人と共同開発をしているという事実、そして実績を作ることが大事なのよ」

「つまり、どんなデメリットがあろうとも厭わずに挑戦したのだという美談がほしいわけか。そういう意味ならわかるよ」

「そのデメリットを算出するために、今回、研究テーマとなる感圧塗料を用いた研究施設で地球人とともに働くの。実際にどれだけ運用コストがかかるのかシミュレーションをしてみないと、本当のところはわからないわよね？」

　無駄しかない研究かもしれないが、あくまで今後のための布石というのなら理解できる。今回は鉱物を用いた感圧塗料だが、ゆくゆくは別のものも加工できないか考えていくつもりだというし、そのために薬物研究にたけたキャナル博士を研究メンバーとして加えているのだろう。

　だがデメリットの多い研究だ。マイロンならもっと嫌味を言うと思ったが、感心している様子を見せていたので、キサラギは彼を小突きながら小さな声で話した。

「……ちょっと、ドクターマイロン」

「なんだい、キサラギ」

　マイロンは前を歩くキャナル博士に配慮したのか囁くようにして返す。キサラギもキャナル博士を気にしながら言葉を続けた。

「いつもより言葉が大人しくありませんか。まだやる気出ていないんですか？」

「そういうわけではないけど……君、僕を何だと思っているんだ。不要にキャナル博士の感情を荒立てても無意味だろう」

「でも実際、この研究について不満はあるのでしょう？　顔には出ていますから」

　図星だったのか、マイロンはフンと鼻息を洩らした。

「別に不満なんてないよ。コストより交流と実績が大事とか言って、本来、精神病にかからないはずの異星人が鬱病になるなんて悪い冗談にも程があると思っているだけだよ。彼らの目的はわかりやすいほどにわかるよ。僕に、この鬱病は研究とは無関係だと言ってほしいんだろうね。果たしてそんなにうまくいくかどうか。大体、普通に考えて関係ないわけないだろう。それとこの星は金持ちほど税金を取られるみたいだし、この研究のバックには巨大な製薬会社も存在しているみたいで、ある意味、それっぽい理由を作って無駄にお金を費用と称してかけてみて税金対策としても機能させているんだろうね。……ああ、病の声が聞こえるよ。人の欲望に塗れた臭い場所にひとりぼっちで苦しくてたまらない……こんな悪夢から早く目覚めたいとね！」

マイロンはキサラギの肩を抱いてキャナル博士から距離を取ると、キサラギの耳にまくしたてるようにして囁いた。言い切ったあとにキサラギから身体を離して満足だと言わんばかりに口元を歪めた。

「……これで満足かな？」

「引いてしまうくらい満足です」

聞くんじゃなかったとキサラギは後悔した。

キサラギはすぐにキャナル博士のもとに追いつこうとマイロンから離れた。

マイロンの言葉を聞いていたのだろう、ミスト爺が上の空で呟いていた。

「しかし今回も地球が絡んどるんかいのう」

「どうしたんですか？」

キサラギはその呟きに引っかかりを感じて聞き返す。

「いや……」

ミスト爺は言いにくそうにしている。

ここ最近の病気は地球に関連しているものが多い。

先日の彼の言葉を思い返すと、ミスト爺は地球に何かしら思うところがあるようだ。

マイロンは、そんなミスト爺が気に障ったようで額に手を添えながら言った。

「あーあーあーミスト爺。それは駄目だよ。君には他にやってもらうことがある」

「マイロン……」

「地球について気になるかい？　それは君個人の事情に関わるんだろうけど、今、優先すべきは患者の事情さ」

マイロンの言葉にミスト爺は嘆息しながら言った。

「優先してほしいのは病気の調査じゃろうが。わかっとるわい、マイロン」

◆

キサラギたちは早速、キャナル博士の言う通り、医療室にいる患者を看ることにした。

椅子に座ったミオラルド人は男性でキャナル博士よりも頭は小さく、バランスの悪い体格をしていた。

キャナル博士はキサラギたちをずっと見つめていて外に出ようとしない。

「何か？」とそうマイロンが尋ねるとキャナル博士は言いづらそうにしながら告げた。

「……あの、私、意見を言っても？」

「どうぞ」

マイロンの返事にキャナル博士が声を上ずらせながら言う。

「やはり心の病気だと思うの。ここの研究は過酷だわ。地球人との交流は、どうしても感情のすり合わせができずに苦しいんだと思う。辛いと思っても仕方ないもの。疲労がたまって、それで鬱病になったのでは？」

「過酷ねえ……それで疲労ねえ……」

マイロンは呟いて患者を見た。ミオラルド人の男性は無表情にどこか遠くを眺めている。

彼に幾つか簡単な問診をしたのち、マイロンはキャナル博士を医療室に残して、キサラギやミスト爺を連れて一旦部屋の外に出ることにしたようだ。

マイロンはホログラムモニターを表示してキサラギに言った。

「ここの民が精神病にかかりにくいのには、きちんと理由がある。ミオラルド人の脳内構造は少し変わっているんだ。感情を司る器官が異常に発達していない。……つまり感情をほとんど感じない。患者も僕たちが来たというのにずいぶん淡泊な反応だった」

「確かに…………ですがキャナルさんは感情豊かです」

そこがキサラギにとって引っかかる部分だ。

だがマイロンにとっては些細なことらしい。

「そう見えるだけさ。感情を感じなくとも物真似はできる。表面上、そう取り繕っているだけさ。よく見たらわかるよ。……とにかくミオラルド人の特性を考えると仕事を休むなんてことはありえない。むしろ鬱病になりそうなのは、そんなミオラルド人と接している地球人のほうに思えるけどね？」

ミスト爺は、そう言うマイロンを複雑そうに見ている。

マイロンはそんなミスト爺の視線を無視するように言った。

「彼がキャナル博士の言う通りの症状を持っているとしたら、頭痛という一例を取り上げるに脳か神経に異常が出ているとみなしていいだろうね」

「脳に炎症とか？　もしくは腫瘍とかですか？」

「感染症、腫瘍、君はすぐそういったものを疑う」

キサラギの言葉にマイロンはやれやれと肩をすくめて話す。

「本当に心の病気かもしれないじゃないか。君の言う通り、脳に腫瘍がある可能性も当然考えられるけどね？」

「アレルギーの可能性は？　鼻に分泌物がたまっているのかもしれません。喉の詰まりという症状にも当てはまります」

そう言うキサラギにマイロンは頭を悩ませる様子を見せた。

「一つの可能性としては、ありえるだろうけどね。それで鬱病に似た症状にまで結びつくかといえば、どうだろうね」

「頭痛なら、ありえます。膿が鼻に溜まったら呼吸もしづらくなり、自然と思考も鈍くなるでしょう。十分可能性はあると思います」

「それはそうだけど。だからといってアレルギーと断言するには、まだ早いと思うね」

そう言うマイロンを見ながらキサラギが僅かに口元を弛めた。

「……やる気が出てきたみたいですね？」

キサラギはそこで少しだけ患者の待つ医療室へと視線をやった。

「それと、こうは考えられませんか？　キャナルさんの症状こそが異常なのでは？」

「ああ、僕もこれから更に患者の問診を続けてみるけれど、彼女の虚言癖も疑っている。本当は鬱病なんか流行っていないんじゃないかな。……あなたは感情があるように演技している上に、ここの研究員に鬱病が多発しているなんて嘘をついているのでは、なーんて、これは本人に聞いてみていいかな」

マイロンの言葉にキサラギは慌てて言った。

「駄目ですよ！　あなたは彼女の気持ちを理解できないんですか？　そんなことをすると彼女が傷つきます。おそらく彼女は、この病気を通じて、その……」

キサラギは言い淀む。キャナル博士はこの病気を鬱病だと診断してもらうことで、ミオラルド人にも地球人に似た心があるのだと証明したいのだ。

だがマイロンはキャナル博士にそういったものがあるなんてこれっぽっちも思っていないのだろう。もちろんミオラルド人に対してもだ。侮蔑しきった冷たい眼差しをキャナル博士たちのいる部屋に向けている。

「心のない異星人の心をどうやって理解しろというのかな」

「それは……まだ決まったわけではありません。この病気が鬱病ならミオラルド人は地球人との交流で心というものを覚えたのかもしれません」

「キャナル博士も同じことを考えているのだろうね。やれやれ、研究は無害だと証明して欲しい、心があることも認めてほしい。ミオラルド人は貪欲だな」

呆れたように乾いた笑みを浮かべるマイロンにキサラギは首を傾げた。

「心がないのに貪欲とは何なのでしょうか」

「ああ、僕の言い間違えだね。酷く合理的なんだろう、ここの星の民は。どう転んでも何かしらメリットがある方向を模索する……最も効率の良い方法を選びたいだけなんだろうね。……それを考えると、キャナルが僕たちを歓迎するために一時的にああいう振る舞いをしているのであれば納得はいく」

　嘆息して言うマイロンは弱々しく首を横に振った。

「そうだね、改めて言おう。僕の間違いだ。現時点で患者ではないものを診ても仕方がないね。病(かれら)と話したいのであれば、本来の患者と対話する必要がある」

　キサラギたちは医療室に戻った。マイロンは回転椅子に座ったままでいる患者の身体を回して、自分と向かい合うようにしている。患者はぼんやりとした様子でマイロンを見つめていた。隣に立っているキャナル博士と見比べても表情に乏しい。

「すまないが、教えてほしい」

　マイロンの問いかけに患者は薄く口を開けて頷いた。

「どうして地球人と研究しているのかな」

「……」

　てっきり頭痛や喉の詰まりなど身体的症状に関する質問をされると思っていたのだろう。患者は少しだけ眉根を寄せている。淡泊なだけで感情が存在しないわけではないようだ。

　マイロンは彼の答えを待たずに更に問いかけた。

「誰かに言われたから、ここで地球人と一緒に働いているのかな？」

「ある意味正しいです。私は公務員で政府から異動命令が出たため、この研究所に勤めています」

「そうかい。それじゃあ、ここ最近は忙しいのかい？」

「通常通りの業務です」

そう答えられたのでマイロンは彼のカルテをホログラムモニターに出して見る。

マイロンは小馬鹿にしたような笑いを浮かべて患者に質問した。

「……その割りには、ここ最近、無断で仕事を休むことが多くなっているようだけど？　普段通りの業務内容だというなら、何故こんなことを？」

男は沈黙した。どこか逡巡（しゅんじゅん）する様子を見せながらマイロンを見上げてくる。

マイロンはそんな彼に容赦する気などないようで質問を浴びせた。

「答えられないかな？　それとも、自分でもどうしてなのかわからないのかな？」

「どちらかといえば後者ですが、体調が悪かったのもあります」

「そうかい。どんな風に？」

「頭痛に喉の詰まりです。この辺りはキャナル博士にも伝えておりますが……」

「ああ。でもその程度の症状なら、わざわざ仕事を勝手に休むほどでもないよね？　他に辛いことや苦しいことがあるんじゃないのかな？」

マイロンの質問に男の沈黙する時間が長くなっていく。

なるほど、キサラギの目にも見てわかるくらいに異常だ。彼がミオラルド人だというならば、もう少し効率よく答えるだろう。

「あのう……」

彼に夢中になっていたマイロンの背後でキャナル博士が遠慮がちに話しかけてくる。

「ドクターマイロン、私、言いたいことが……」

「やあ、キャナル博士。忙しくてね、もう少し待ってほしい。僕は彼と話している途中なんだ」

マイロンはだんだん患者に興味が出てきたからこそ、話しかけられると鬱陶しいのだろう。彼はあからさまにキャナル博士を邪険に扱っている。やがてキャナル博士はそんなマイロンの気持ちを理解したのか、マイロンに話しかけるのをやめた。

「教えてくれ、どこが辛くてどこが苦しい？」

マイロンが患者の顔を覗き込むと、虚ろな眼差しを彼に向けてきながら淡々と言葉を発した。

「……今は辛くも苦しくもありません。頭が痛いくらいです」

彼は気付いているのだろうか、自分の発している微かな言葉の矛盾に。

患者はキャナル博士のほうに顔を向けながら言った。

「そして申し訳ありませんが、これ以上、私はあなたと話すことはできません。私はキャナル博士と三〇分というお約束で、ここに来ています。もうすぐ時間は終わります。その後、予定されている仕事の完了予定時間は二時間後です。その後でしたら、再びお話しできますが？」

「二時間後ねえ。その仕事、本来の予定なら三〇分で終わる作業のはずだけど、どうして遅れを踏まえて僕に言ってきているのかな」

マイロンの問いに男が再び沈黙する。考え込んでいるのだろうか。無表情な顔からは、その様子が窺（うかが）えない。マイロンは構わず質問を続ける。

「遅れることに事前に気付いていた？　それとも本来どのくらい作業時間がかかるか忘れてしまっていた？」

男は答えない。

「……それとも、まともに思考ができないだけかな？」

マイロンの追及にも男は無表情のままだ。マイロンは質問の方向性を変えてみることにしたのか、話題を変えた。

「一〇〇引く九三はなんだい？　簡単な計算だよ。君でもわかるだろう」

「……」

沈黙する男の様子を見てキャナル博士が慌てたように話しかけてくる。

「あ、あの、その質問に何の意味が？　私は心の病気だと信じているわ。だけど、いいえ、だからこそ、そんな風に彼を馬鹿にしたような言葉を、本人を目の前にして告げる意味はあるのかしら？」

「キャナル博士、いいかい。患者と問診をするには精神的にも物理的な意味でも距離を近くする必要があるんだ。たとえ、君から馬鹿にしているように見えているとしても、それは相手と距離を詰めるために必要不可欠なことなんだよ」

マイロンの言葉にキャナル博士は不思議そうな顔をして首を傾げている。

その時、患者が咳（せ）き込（こ）み始めた。異変に気付き、患者に顔を向けると、彼は口元を手で押さえて苦しそうに咽（む）せている。やがて彼の指の隙間から大量の赤い血が滴り落ちてきた。

このままでは危険だ。早く対応しないと。キサラギは慌てて彼に駆け寄る。

「馬鹿な」

マイロンは患者の様子を見て思わず呟いた。

「吐血だって？　どうしてこのタイミングで病（かれら）は新しい声を発するんだ？」

◆

その後、患者は失神してしまった。

今は医療室で点滴を受けさせている。まだ意識は回復していない。

キサラギは医療室の隣にある検査室で座ったマイロンと患者の症状について話す。

「さて、病（かれら）は別の言葉を発したようだ。これをどう診る？　キサラギ」

「マイロン……これは鬱病ではありません」

「そうだな、これは心の病気じゃない。大量に吐血と嘔吐して心神喪失するわけがないだろう。脳の炎症でもないな。嘔吐だけならまだしも、急に吐血する説明がつかない」

マイロンの言葉にキサラギは鈍く頷く。単なる心の病気ではないからだ。事の重大さに気付いてしまい唇が自然と震える。

「どうやら僕は完全に間違えていたらしい」

だがマイロンは彼女とは逆のようだ。

そう興奮したように呟いて口元を大きく歪めている。

「この病はとびきりの嘘つきらしい。下手をすると患者は病に翻弄されて最悪な事態も考えられるぞ」

◆

そうして再び検査室に集まり、検査の結果をキサラギたちはみんなで共有していた。

みんなと言ってもキャナル博士はいない。

キサラギは携帯端末に映ったデータを見ながら頬を強張らせて言う。

「肺に充血が起こっています。肺組織の破壊です。瘢痕も見られます。……それとは別に、患者には失明の兆候も見られます」

「患者は眠っていたのでは？」

そうマイロンが問いかけるとキサラギは目を閉じて顔をしかめながら答える。

「検査のために一時的に薬を投与して目覚めさせました。その際に失明の症状を訴えたのです」

「つまりとうとう症状は心だけでなく身体に、しかも軽い頭痛なんてものではなく生活に支障のあるレベルで重くなっていると」

マイロンは笑いながら彼女に顔を向ける。

「なるほど。……心の病気ってそんなにダイレクトに肺目がけてダメージを与えるものだっけ？」

「いいえ、私は違うと思いますが。ドクターマイロン、それを正しく診断するのはあなたの仕事です」

「そうだね。僕の中では既に仮説はできているけれど」

そこまで言いかけてマイロンはミスト爺に目を向けた。

「……ただ、一つ気になることがある。キャナル博士の存在だ」

ミスト爺はため息をついてマイロンから目を背けながら言う。

「何で、そこで彼女の名前が出るんよ」

「当たり前だろう。現状だと、彼女の無駄に高まっている高揚感も一つの症状に見える」

「今回の病気は、あの男だけじゃなく、キャナルという女とワンセットだと、お前はそう考えちょるということかのう？」

首を傾げて考え込むミスト爺にマイロンは頷きながらも言葉を濁した。

「そのほうが自然だろうけれどね。なんていうかな……もっというと僕の推測に彼女は邪魔なんだよ。彼女さえいなければ全て説明のつく病が一人いるんだ」

「……それで、儂にどうしろと？」

嫌そうに顔を歪めるミスト爺に、マイロンが嬉々とした様子で返事をしたのでキサラギは割り込んだ。

「待って下さい。またミストさんに無茶を振る気ですか」

「そうだよ。いつものことだしね」

悪びれた様子もなく、あっさりマイロンは言い切る。

キサラギは操縦室内でのミスト爺との会話を思い出した。彼はマイロンの自由奔放ぶりに困っていた。彼はマイロンのおかしさについてキサラギに忠告してくれていた。彼がキサラギに洩らしたことは、日頃からマイロンについて彼自身が感じていたことなのだろう。ならば、ここはお節介かもしれないがマイロンにミスト爺について一言言ったほうがいいだろう。キサラギは腰に手を添えて言った。

「どうして頼んでいるあなたが、そんなに偉そうに言うんですか」

「それが当たり前の日常だからだよ。……なんで邪魔をするのかな？　別に君に頼もうとしているわけじゃないよね？」

「それは……あなたにとっては普通でもミストさんは……」

口ごもるキサラギを押し出してミスト爺が彼女の前に出た。マイロンと彼女を交互に見つつ、キサラギを庇った物言いをしながらマイロンに告げる。

「ええいね、嬢ちゃん。気にせんでいいっちゃ。でも気にかけてくれて感謝するいね。……マイロン、それで何をやらせたいんかいね。困ったときの儂頼みもええが、それだけの働きをせんと儂も承知せんよ」

「そんな風に言いながら僕を信じてくれる君に感謝だよ、ミスト爺。……僕はこう考える。これは心の病気じゃないと。でも同時に考えるんだ。キャナル博士の中にいる誰かも病ではないかとね」

ミスト爺は呻きながら、マイロンの言葉を何とか自分なりに翻訳しようと試みているようだ。

「……つまり、お前は、今回の件について、どちらにせよ心の病気を捨て切れてないと考えておるんかのう？」

「少し違う。一種類の病なのか、それとも二種類の病が存在しているのか、迷っているんだよ。……そう、つまり僕は原因を切り分けたいんだ。キャナル博士に心がないとわかれば、僕は思う存分、何も迷うことなく真実の姿をさらけ出した病と対話ができるんだからね！」

そんなマイロンにキサラギは僅かに不快感を抱いた。

彼はキャナル博士の心を玩具にして患者の病気の切り分けに使おうとしているのだ。

キャナル博士の心のありようは置いておいて、彼女の心は彼女のものだ。

キサラギたちが勝手にしていいものではないはずだ。

ましてや、キャナル博士は自分のアイデンティティに対して、この実験や病気と重ね合わせてしまうくらいに繊細な感情を抱え込んでいるように見える。

マイロンはそんな彼女の感情に気付きながらも無視したようで、侮蔑の感情を過ぎらせてキサラギを一瞥したあと、ミスト爺に向き直る。彼は深くため息をつきながら億劫そうに顔を持ち上げて聞いてきた。

「……そんで、肝心の儂に頼みたいこととはなんかいね」

「彼女は僕たちにデータを送ってきただろう？　その時に少し気付いたことがあってね。その気付いたことを詳しく伝えるから、僕の言うとおりシステムに仕掛けを施してほしいんだ」

「お前がそうやって具体的にしないで曖昧なことを言い出す場合は、厄介な結果を招くことが多いけえ嫌な予感しかせんわ。だが、頼まれたことはやるいね」

そうやって渋々とミスト爺は了承してくれる。

だが嫌味のような助言を付け足すのも忘れないようだ。

「キャナル博士についてお前が構いたい要素があるのも理解できるいね。……そうして病気の診断についてお前のこだわりたい気持ちもわからんでもないんよ。だが、お前には察することができんじゃろうが、人には触れないほうがいい領域もあるんよ」

キサラギもミスト爺の意見に賛成だが、マイロンには何も伝わっていないようだ。

難しそうな顔をして彼は首を傾げた。

◆

キサラギは研究室の廊下でキャナル博士を連れているマイロンを見かけた。

先日の一件を思い出す。マイロンにはキャナル博士の心を診断のために玩具にして遊ぼうとしている様子が見えた。

心配になったキサラギはマイロンたちの後をつける。

マイロンはキャナル博士と一緒に研究施設の一室に来ていた。

キサラギは壁の陰に身を潜めて彼らの様子を遠くから窺う。

ここのフロアは風洞と呼ばれる、人工的に流れ場を再現し圧力や速度などの分析を行う巨大な施設だ。トンネルのような広い空間に宇宙船の模型が置いてある。

　ここの研究所は施設そのものに感圧塗料を使っているが、元々の用途である風洞に通す宇宙船の模型にも利用して、本来の機能に支障がないかを確認しているのだ。風洞も感圧塗料も昔から進歩を遂げてきた地球の技術だが、ここの惑星の技術レベルと比べても大分、格落ちするのは否めない。それなのに、何故、ここの惑星は感圧塗料なんていうものを研究テーマとして取り上げたのか。

「まさか、あなたのほうから、お声がけしてくれるなんて。とっても嬉しいわ、ドクターマイロン」

　キャナル博士ははしゃいだ様子で宇宙船の模型の傍に立って、笑みを浮かべながらマイロンを見つめてくる。服装は宇宙航空センターで見た黒いドレスだ。神々しく輝く金髪によく似合っている。

「それにしても私たちの研究に興味を持ってくれるなんて。あなたは病気の診断以外には関心がないと聞いていたから意外だわ」

「そうだね」

　マイロンはキサラギでもわかるほどに棒読みに返事している。

　マイロンはキャナル博士の研究自体に興味はなく病気に関連する部分にしか関心はない。

だが、それをあえて口にして彼女の気分を害そうとはしていないらしく、ある程度の理性は働いているようだ。

マイロンはキャナル博士に研究について質問している。

「それで地球製と、ここの研究で作った感圧塗料では、どう違いがあるのかな？」

「機能的には差異はないわ。ただ成分と生成方法が異なるのよ。ここの感圧塗料はミオラルドにある鉱物を使っているの。……この辺は既にあなたたちに送った資料に記載していたからご存じの通りでしょうけど」

「そうだね。……わざわざ地球でも一昔前の技術を提携材料として持ち出してきたのは、その鉱物に要因があるのかな？」

「さすがね、ドクターマイロン、その通りよ。私たちは、どんな素材でも何かしら加工して生かすことができないか、研究をしてきているの。だけど、この鉱物だけ、どうしても私たちの生活の中で加工して使うことができなかったの」

「でも、感圧塗料でようやく使い道を見出したと」

マイロンの言葉にキャナル博士は嬉しそうに頷いた。

「そうなのよ。これは第一歩なの。どうして感圧塗料として加工に成功したのか。この研究は単純にコスト削減のシミュレーションではなく、もっと多くのことに加工するために鉱物そのものの研究も行っているのよ」

真っ直ぐな瞳で彼女はマイロンを見つめている。

「どんなものでも使い道はあるわ。無駄なものなんて一つも存在しないの。そう考えると、とても素敵なことよ。毎日、研究していることが楽しくてしょうがないの。ここで研究するようになってから感じた気持ちよ。だから私は、地球人と一緒に生活して研究することできっと心が芽生えたのではないかと思っているのよ」

「そうかい、それは素敵な考えだね」

それは彼の本音だったのか、彼にしては珍しく抑揚のある声で言った。

「あなたも心なしか楽しそうな気がするのだけれど、どうかしら？」

キャナル博士がステップを踏むようにしてマイロンに近づきながら、くるくるとした瞳で彼の顔を覗き込んでくる。マイロンは、にっと白い歯を見せて笑いかけた。

「そうだね、実際にとっても楽しいよ。ただどうせ女性と一緒に遊びに行くなら、雰囲気のある公園で夜空を眺めるとかのほうが良かったかな？」

マイロンの皮肉のようだ。

キサラギは先日見た、疑似流星群の空の下、大地に転がる赤い異星人の死体を思い返した。マイロンも同じものを見ているはずなのに、よく口にできるものだ。

だがキャナル博士はマイロンの皮肉に気付くことなく嬉しそうに言った。

「それはいいわね！　……実は私、外に出るのが好きなのよ。外は私の憧れだもの」

「……ああ、そういえば君はこの星から出られない制限がかかっているんだっけ」

マイロンの言葉にキャナル博士は悲しそうに顔を伏せた。

「ええ。私はこの星の機密情報に多く関わっているから……。でも、だからこそ、自由に数多の惑星を飛びまわるあなたに憧れてしまったのかも」

微笑(ほほえ)みながら可憐(かれん)な声で彼女は言った。

「実際、今のあなたも何の束縛もなく自由に楽しく振る舞っているように見えて眩(まぶ)しいわ。私には絶対に手に入らないものだから」

キャナル博士は明るい笑顔になって天井を見上げてから周りを見回した。

「でもここの研究所のデザインセンスは好きよ。ここの風洞も。感圧塗料が使われているから、星々のきらめきのような薄い金色の光沢……本物には敵(かな)わないでしょうけど」

「……金色の光沢、ねえ？」

マイロンは宇宙船を眺め回す。キサラギも同様に宇宙船を観察した。どう見ても銀色にしか見えない。研究所内の壁も同様だ。

「あら、あなたはそういうロマンめいたものは、お好きではないかしら？　その顔は不服そうね」

いつの間にか、すぐマイロンの傍に近寄ってきたキャナル博士が人をからかうような笑みを浮かべて彼の顔を覗き込んでくる。

「キャナル博士、ずいぶん僕を観察しているんだね」

マイロンが笑顔を返すと彼女はぺろりと舌を出した。

「あら、わかっちゃったかしら。あなたは見ていて飽きないんだもの。他の人型異星人とは違う雰囲気があるわ」

「僕も君のことは見ていて飽きないよ。他のミオラルド人とは違うからね」

悪い意味で言っているのだろう、そのくらいはキサラギにもわかる。

だが、彼女は良いほうに受け取ったらしい。

きらきらと目を輝かせながらマイロンを見つめた。

「じゃあ私はドクターマイロンにとって特別な存在ってこと？」

嬉しそうに声を弾ませながら彼女はマイロンから距離を取ると、軽やかな足取りで身体を回した。

「奇遇だわ！　だって私もあなたを特別な存在だって想っているもの！」

そう言いながらマイロンに詰め寄ってくる。

「地球人にとって特別な存在には恋心というものを抱くことがあるのでしょう？　そういう意味では私はドクターマイロンに恋をしていることになるのかしら」

どこか興奮したように息を荒げながらマイロンに話しかけてきた。

彼女はマイロンの言葉を自分のいいように解釈しているようだ。

それはマイロンも気付いたようで、軽蔑と哀れみが混ざったような目線で彼女に優しげに話しかけた。

「……恋かどうかは知らないけど、恋する真似はうまいね。ある程度、感情をパターン化して表情筋を形作れば君たちほど高度な知能を持っているなら、すぐに地球人のように振る舞えるのかな。……地球人と交流するには地球人のように接すればいい。だからそんな演技をずっと続けているの？」

マイロンの言葉に彼女の顔が強張る。

なんてひどいことを。キサラギも絶句した。

彼女の心のありようを、あんな風に酷く貶す必要なんてどこにもないはずだ。

キャナル博士は身体を硬直させて信じられないといった眼差しでマイロンを見つめてきたかと思うと、素早く首を横に振った。

「違うわ、ドクターマイロン。私の夢は異星人の垣根を越えて本当の意味で理解し合うこと……！　そんな形式上のものじゃない、私は本当に……！」

弱々しく眉根を寄せて訴えかける彼女の姿に、マイロンは馬鹿にしたように声を立てて笑った。

「困った顔も地球人にそっくりだ。僕でなければ物真似だとバレないだろうね」

「……え？」

唖然とした彼女に対してマイロンは彼女を指差しながら、今度は腹を抱えて笑った。

マイロンは大げさな身振り手振りをしつつ、彼女に笑った理由を教える。

「……実際、常識人ぶるのはとても簡単だ。少し相手に配慮すれば、それらしく、もっともらしく見える。そういう配慮……善意や好意というものは、調べればマニュアル化してあるしねえ。資料に書いてあることを試せば、あっという間に君のような存在の出来上がりさ」

キャナル博士は目を大きく見開いて、弱々しく唇を震わせた。睫毛が小刻みに震えている。小動物のような様子を見せるキャナル博士がおかしかったのか、もう一度マイロンは侮蔑しきった声で笑った。

「ああ、そうか。君がそんな顔をしているのは、何故、僕がそれに気付いたのか、わからないからなんだよね」

彼女を指差したままマイロンは言葉を続ける。

「僕はね、患者についてどうでもいいから、なるべく当たり障りのない対応をすることにしているんだよ。さっきみたいに病の声を聞くために協力的でない患者には厳しく当たることもあるけどね。……とにかく患者に対しての僕のスタンスと君の様子が似ているから、そうなんじゃないかなって思ったんだけど……どうかな？」

「え……あの……」

多少乱れた呼吸をするキャナル博士は何か言いたそうに唇を開けたが、マイロンはあえて無視したようだ。畳みかけるようにして喋(しゃべ)った。

「問題は、何故君がそんなことをしているのかってことなんだけど……。君の目的がミオラルド人の心を証明したいというのであれば納得できる。だけど、もっというと、何故、君がそんなものを目的としているのかは……」

改めてマイロンがそう言うとキャナル博士は肩を震わせて大きく動揺した。

もう見ていられない。

キサラギは飛び出そうとしたが躊躇(ちゅうちょ)して足を止める。彼らの前に出たところで何を言うのだ。キャナル博士を傷つけるな、とでも言うつもりか。彼女を代弁するかのような行為こそ身勝手だ。

キャナル博士の心は彼女にしかわからない。

この星の民としてのありように悩んでいるなら尚更だ。

そんな彼女の心の問題を、異星人であるキサラギが何の覚悟もなく踏み荒らしていいものではない。

はあ、と呼吸を整えてキサラギは隠れ続けることにする。どうしても我慢できなくなったら、その時は彼らの会話の邪魔をすることに決めた。

マイロンは呆れ果てて嘆息しながら言った。

「まあ、どうでもいいか」

「……ドクターマイロンは何が言いたいの？」

「君の態度が気にくわないと言いたいんだよ」

正直な感想なのだろう。マイロンは演技をやめている。

「……いいえ、それは違うわ。ドクターマイロン。私にはあなたの心がわかる。だって私には心があるもの」

だがキャナル博士はまだマイロンの言葉に賛同する気がないらしい。

空元気のような態度で腰に手を当てて挑むような目つきを向けてくる。

「いいわ、どうしてあなたが、私のことを気にするか、当ててあげる」

今度はキャナル博士がマイロンを指差した。自信満々な声で言ってくる。

「あなたは過去に大事な人を失ったことがあるでしょう。とても心が傷ついてしまったのね。だから何事も捻くれた見方と物言いをしてしまう。違う？」

マイロンはおかしくて堪らなくなったのか腹を抱えて大声で笑い転げた。

そんなマイロンの様子にキャナル博士は大口を開けてどう反応していいのかわからないのか、困惑している。だからか、マイロンは猫なで声になって親切そうな素振りで話しはじめた。

「君の推測についてだけど、残念だ。外れだよ」

そんな馬鹿な、といわんばかりの反応に、マイロンは笑うのをやめて彼女から距離を離す。向かう場所は出口だ。もうこの場所で彼女とこれ以上話す必要はないとみなしたのだろう。

こちらに来ると気付いたキサラギは廊下まで戻って物陰に隠れた。

「いいことを教えてあげるよ」

振り向くことなく出口へと歩いているマイロンは言葉を続けた。

「君のアクセスした僕の情報はミスト爺という老人のものであって僕のではない。君の見たマスターは僕が一時的に書き換えたんだ。君がナイチンゲールのマスターにあるユーザー情報を盗み見していることを知っていたからね」

「……は？」

彼女の呆然（ぼうぜん）とした声にマイロンは足を止めた。ゆっくりとキャナル博士へ顔を向けている。キャナル博士はというと、これ以上なく目を大きく見開いてブルブルと眼球を震わせていた。

マイロンはそんな彼女を陶酔したような双眸（そうぼう）で堪能したのか満面の笑みで言った。

「ああ、いい顔だ。どうして僕とミスト爺の情報が入れ替わっているのか不思議だという気持ちを表現したいんだね」

もう十分だ。これ以上、彼女の顔を見る必要はないとでもいうようにマイロンは再び顔を前へと戻した。出口に向かう足を速める。

そのまま彼女には話しかけ続けた。

「君、僕たちにこの星のデータを送ったときに情報流出ウイルスを仕込んだろ。……そうしてシステムの管理者権限ＩＤとパスワードを抜き取った。それに気付いた僕は、そのＩＤをあえて残したまま、別の管理者権限ＩＤを作り、そちらをメインに変えた上で、そのＩＤでアクセスしてきた場合のみ発動するよう、幾つか情報を改ざんしておいた。具体的にいうとミスト爺のユーザー情報を名前だけ僕のものとして書き換えたんだよ」

キャナル博士は黙ったまま、震える息を吐き出していた。

そんな彼女に構う様子を見せることなくマイロンは話を続ける。

「君のそれは観察眼でも人の心を察したものでもない。ただ、データを見て分析しただけに過ぎないよ。それで君自身に心があるなんて笑わせる」

「……」

キャナル博士は声を震わせて言う。

「で、でも……」

「データに嘘はないはずだって？　君の見た情報そのものが嘘なんだから嘘に決まっているだろう。いい加減、認めなよ。君には心なんてものは存在しない。あるのは優秀な分析能力だけさ」

「そんなことをどうして？　しかも私にあえて言うことに意味があるの？」

か細い声で必死にしがみつくキャナル博士に、これが最後だとでもいうように歩みを止めてマイロンは彼女へと振り向いた。幼い子どもに言い聞かせるように口にする。

「全ては病(とも)のためさ。病(かれら)の本当の声を聞くためなら何でもするよ。キサラギは君のことを心配していたみたいだけど、僕は正直どうでもいいしね。……ん？　どうでもいい？」

だがマイロンは自分の言葉に少しだけ疑問を覚えたようで首を傾げていた。

なんだ、とキサラギも気になったが、キャナル博士が喉の奥からひりつくような声を出したので彼女へと視線を戻す。キャナル博士は泣きそうな顔で言った。

「友？　どうして今の会話で友達のことが出てくるの？　私にはわからないわ」

「そうだろうね。だって資料には書いていないことだしね。いいんじゃない？　理解できないほうが。だって理解できないってことは、結局、君には……」

ここまでだ。キサラギは唇を歪めたマイロンとキャナル博士の表情を見て確信した。

マイロンはキャナル博士を傷つけようとしている。

病気の診断そっちのけの、こんな行為など何の意味もない。

そう判断したキサラギは彼らの前に出ることに決めた。

「……ドクターマイロン、ここにいたのですか。患者の容体についてお話ししたいことが……」

風洞に入ったキサラギは無表情のままマイロンへと歩み寄る。

キャナル博士はぐっと唇を噛(か)みしめたかと思うと、逃げるようにしてマイロンの横を走り去り、風洞を出て行ってしまった。

そんな彼女の様子にキサラギはマイロンを責め立てた。

「彼女、ものすごい顔をして出て行きましたけど」

「みたいだね。しかし、どうして君がここにいるの？　覗き？　そういう趣味？」

「違います。……だから、あなたを捜しにきただけです」

キサラギはきつい声音で言った。

「覗きはともかく、あなたが彼女に何を言ったのかは見当がつきます。彼女を攻撃することに意味があるんですか」

「攻撃して、彼女が自分に心がないことさえ自覚して、他の異星人と同じような状態になれば、彼女の状態は病(とも)と切り離すことができるんだよ。そうすると病(かれら)について前進するじゃないか」

「そんなことをしなくても並行して検査をすればいいことです。だって時間はたっぷりあるんですから」

悪びれないマイロンに苛立ちを覚えて、キサラギは地団駄を踏んだ。

「時間はたっぷり、ねえ」

マイロンはキサラギが何を言いたいのか、わからない様子だ。

言葉を濁すマイロンに痺れを切らしてキサラギは彼に詰め寄ると言った。

「ドクターマイロン。私はあなたの、そういうところは駄目だと考えます」

「そういうところってどういう？」

「チームプレイのできないところです。他者と協力する気がないどころか、無駄に攻撃的です。正直どうかと思います。無闇矢鱈に人を傷つけなくても、今回の病気とは向かい合えるはずです」

「だから心のないものの心をどうやって傷つけるんだと？」

「ドクターマイロン！」

キサラギは顔を険しくして怒声を放つ。

軽薄にキャナル博士の心を馬鹿にするマイロンに我慢ならなかった。

頬に熱を込めて何か言葉にしようと口を開いたその時、ミスト爺が風洞に入ってきて彼女を制した。

「嬢ちゃん、いい加減にしんちゃい」

彼の叱責にも似た言葉にキサラギが戸惑いながらマイロンから離れた。

一体、いつの間にここに来たのか。今までマイロンたちを観察していたキサラギのことも知っていたのか。キサラギは狼狽えてしまっていた。

ミスト爺はヤレヤレといわんばかりに首を振りながらマイロンへと歩み寄ってくる。

「マイロンはこういう奴いね。こいつにこそ心はない」

「ミストさん」

キサラギは小さく彼の名を呼ぶと俯いた。

ミスト爺のことをも想って彼を怒ろうとしていたのは事実だ。だが無駄なお節介だったのかもしれない。

ミスト爺の厳しいマイロンの評価に、当の本人は小さく笑いながら愚痴る。

「みんなして僕のデート現場を覗きとはね。さすがに趣味が悪いでは済まないよ」

「誰が覗き見なんかするかいね。儂に頼んだことを少し考えれば、お前が彼女に何をしたのかわかるっちゃ」

「どいつもこいつも分析が大好きだね」

そう言いながらマイロンはキサラギを一瞥してきた。彼女はそんな彼の態度が不満で彼から顔を逸らす。

ミスト爺はマイロンの肩へと手を置いた。

彼は真剣な顔をしてマイロンを見据えながら、はっきり言い放った。

「……マイロン、原因の切り分けが大事なのは理解しちょる。他に方法があるとも思わん。……お前のやることは全て正しい。それで構わん。じゃが、一つだけあえて言ういね。この病、放っておけばいずれ死者が出るぞ」

「何か根拠があるのかい？」

「儂の勘じゃ」

自信満々に言い切る彼にマイロンはおかしくなったのか笑った。

「勘なんて何にも分析できないじゃないか」

顎に手を添えながらマイロンは言葉を続ける。

「それで君は何を言いたいわけ？　こんな遠回りをして、わざわざ僕に主張したいことは何？　もっとはっきりアピールするべきじゃないかな？」

「ガキで遊ぶな。もっと他にやることがあるじゃろう。……お前のやり方は正しいが、今回の方法は間違っとるいね」

それこそがミスト爺の言いたかったことなのだろう。

ガキとはキャナル博士のことだ。

それを言うために遠回りするかのように言葉を選んだのは、病気を主体に話をしないとマイロンが聞き入れないと思ったからだろう。

まったく彼は本当にマイロンのことを理解しているのだ。

だからこそ、そんな彼に敬意を示したのかマイロンは彼の言葉を受け入れることにしたようだ。

「……そうだね。ミスト爺の言う通りだ。この病、手遅れになると患者を死ぬまで痛めつけるだろうね。呼吸器官は大事な臓器だ。そこを潰されれば、どんな生命体でも死に至る」

「なら、考えましょう、ドクターマイロン。一体、何が患者を傷つけているのか」

マイロンの意識はキャナル博士の心ではなく病気へと向いたようだ。

この機会を逃すわけにはいかない。キサラギは話題に入り込んだ。

「肺が傷ついているのは何故でしょうか。喉の詰まりは……呼吸がしづらくなったからでしょうか？　仕事に行きたがらないのは？」

そんな彼女の思惑も丸わかりだったようでマイロンは肩を揺らしながら言った。

「病に話題をシフトして、キャナル博士から僕の興味を逸らす。なかなか良いアイデアだ。君も僕のことをわかってきたじゃないか」

「う」と言葉を喉に詰まらせるキサラギにマイロンは微笑みかける。

「患者の待つ医療エリアに戻ろうか。そこでブリーフィングしよう」

◆

医療エリアの一室でマイロンはホログラムモニターに患者のカルテを映しながら、立っているキサラギとミスト爺を見回しながら言った。

「ここで重要なのは、この病気は地球人には発生しないということだ」

大きく頷くキサラギに満足しながらマイロンは言葉を続けた。

「二番目に大切なのは、この研究所内だけで発症するということだ」

キサラギへと手を広げて問いかける。

「さて、キサラギ。調べてみればいい。この研究所内にあるもので、地球人には人畜無害なもの、いや、地球には存在しない物質はなんだと思う？」

「研究対象になっている鉱物でしょうか。この惑星特有のものです。ただ地球人にとって無害なものかは知りませんが。……ただ……気になる点があって」

口ごもる彼女にマイロンは彼女の疑問点を代わりに言ってくれるようだ。

「……ああ、ここの鉱物の成分は、何故か地球人には知覚できない。君の目に、この研究施設はどう映っている？　色は？」

「私の目には銀色、ミオラルド人には薄い金色に見えているようですね。ミオラルド人と、それ以外の異星人で、感圧塗料の色合いが違う形で見えているのは、既に資料で確認済みです。ただしキャナル博士提供の資料ではなく、地球人側の報告書に……これ、もしかして不法に入手した資料ですか？」

顔をしかめて携帯端末を見ているキサラギにマイロンは嘆息した。

「資料の出所はさておき、君の考えは当たりだよ。じゃあ、どうしてそれが肺を傷つけているんだと思う？」

「待って下さい、ドクターマイロン。まだ鉱物が原因とは決まっていません」

彼女の言葉にマイロンは声を低くして言う。

「……本当に地球人に無害かどうか確認が必要かい？　そんなことをしていると患者が死ぬぞ」

納得いかないキサラギにマイロンは言い聞かせた。

「いいか、キサラギ。これはテストじゃないんだよ。一つ一つ間違いを潰していく時間なんてないんだ。僕たちに課せられているのは、なにも惑星滞在期間だけじゃなく、患者の命のタイムリミットでもあるんだ」

「……では、ドクターマイロンはどうするつもりなんです？」

キサラギの問いかけにマイロンは笑顔で答えた。

「一つの治療方法として患者をこの研究施設から移そうか。それで回復したら、研究施設に使用されている鉱物が原因だ」

「乱暴な……。それにまだ症状の酷い患者は一人だけですが、もしこの研究所にある鉱物が要因だというなら、今後、増える可能性もあります」

不満をぶつけるキサラギを宥めるようにマイロンは優しく言い返した。

「……そうだね。じゃあ、ミオラルド人を全員、この研究施設から出すかい？」

「あっさり言いますけど、何の証拠もなく、そんなことを星境なき医師団の一員ができると思います?」

「無理だろうね。前回の惑星とは違って、君は何の信頼も得ていない」

はっきり断言されたのでキサラギは憂鬱に顔を曇らせた。

マイロンは患者を治療する気はない。病気の原因の切り分けをしたいだけで、キサラギと言葉遊びをしているのだ。

「うわあ、こいつ何か、また話の整合性がとれないようなことを口にしているって顔だね。君、無表情より、そういう顔のほうが可愛いよ」

軽口を叩かれて更にキサラギの頬が引きつっていく。

キサラギの肩を叩きながらミスト爺が口を挟んでくる。

「じゃけえ言ったじゃろうが。こいつはとにかく自分のやりたいことをさせるために、その場しのぎにベラベラ適当なことを喋っとるだけいね。今回は、とにかく今の患者をこの研究施設から離れさせたいだけっちゃ」

「それだけじゃないよ。ここの惑星の医療レベルは高い。傷ついた呼吸器官の治療は、最先端の細胞修復治療を受けさせたほうが回復も早いし予後もいい」

酷い言われようなのが気に障ったのかマイロンは補足した。

マイロンの言葉を受けて少しだけキサラギは表情を弛ませる。

そんな彼女を不思議そうに眺めながらマイロンは言った。

「申し訳ないが他の研究員まで構っている余裕はない。病(かれら)は早く本当の気持ちをわかってほしいと僕に訴えかけているんだ。僕は病(かれら)の想いに応える必要があるんだよ」

◆

次の日、マイロンが医療エリアの一室で研究施設の生命維持装置の構造情報を確認していると、別の医療施設に搬送した患者の様子を見にいっていたキサラギから通信が入った。ホログラムモニターを表示すると彼女の姿は映らず音声だけが届く。

「……他の医療施設に運んだ患者の容体は安定しました。……やはりあの研究施設が悪いんですね」

辛そうに言う彼女にマイロンは笑いながら話しかける。

「じゃあ、研究施設の中でも何が悪いのか当ててごらんよ、キサラギ」

「鉱物が要因と考えるなら感圧塗料でしょうか」

「なら、それがどうして肺に損傷を負わせたんだと思う？　鬱病に似た症状を引き起こしたのは何故？　徐々に症状が酷くなったのは何が原因だ？」

そこまでまくし立てたところで、突然ノックもせずに部屋に入ってきたものがいた。

キャナル博士だ。酷い剣幕でマイロンに話しかけてくる。

「ドクターマイロン！　何故、私に無断で、あの患者を別の医療施設に移したの？　それに他の鬱病患者に対しても、勝手に呼吸器官系をスキャンしているのは何故？　報告があってもいいと思うのよ！」

　だがマイロンは飄々とした態度で彼女の言動を受け流しながら言った。

「ちょうどよい。君に聞きたいことがあってね。ここ数ヶ月、もっと具体的にいうと鬱病患者が出る数ヶ月前くらいから、何かしらの機器を修理していないかい？」

　急に出てきた質問に戸惑いながらキャナル博士は律儀に答えてくる。

「……は？　この研究が開始されたのは、そもそも半年前で、ごく最近の話です。そんなにすぐ機器が故障するわけがありません」

「初期不良という可能性もあるじゃないか。……でも、それもないみたいだね」

　ふん、と鼻から息を出してマイロンは言葉を続けた。

「ここの研究は地球との共同だよね。生命維持装置はどっちがメインだい？」

「さっきから何を……」

　困惑するキャナル博士にぴしゃりとマイロンはきつい口調で言う。

「いいから答えるんだ」

　そんなマイロンの様子に、さっきまでの怒りを潜めながら彼女は答える。

「地球人側の技術だわ。私たちのほうでも生命維持装置の技術はあるけれど、今回は共同研究だから……」

「その辺の話は不要だ。主に地球人が生命維持装置の制作に関わったんだね？　じゃあフィルターは何を使用しているのかな。ゼオライト？」

「ええ。それが何か？」

訝しげに問いかけてくるキャナル博士に構わず、マイロンは次々と質問する。

「ゼオライトを使用したフィルターで特別なことはやってないかい？」

「その辺りも資料に記載していたと思うけど……やっているわ。今回は私たちも共に施設で過ごすから、ミオラルド人とこの研究施設用にカスタマイズしたわ。きちんと二酸化炭素、その他、リサイクルできる物質をシステムで判断して自動的に吸着できるフィルターにしたわ」

「……で？　そのテストに君たちも参加したのかい？」

少しだけ考え込んで彼女は言葉を選びながら言った。

「単体機能のテスト、シミュレーションテストには協力しているわ。当然、大事なシステム部分ですから私直々に参加もしたわ。テスト結果だって共有したもの」

「研究施設内に設置してテストはしたのかい？」

「もちろん」

大きく頷くキャナル博士にマイロンは乾いた笑いを零しながら言う。

「……それじゃあ、地球人が知覚できない感圧塗料の鉱物成分を、その生命維持装置のフィルターに通してどうなったのかは確認したのかい？」

「それは……」

口ごもる彼女の様子にマイロンは確信した。

「してないんだね。……君はミオラルド人だったよね」

「ええ、そんな当たり前のことをどうして改めて私に確認するの？」

怯えるような彼女の視線を受け止めながらマイロンは言う。

「重要だからだ。君なら感圧塗料の成分を知覚できるんだよね。……感圧塗料に使われている鉱物の分子の大きさを教えてくれないかな。同時に、生命維持装置のゼオライトの穴のサイズもね。ゼオライトのフィルターは吸着する成分ごとにタイプを変えているはずだから」

「……まさか……」

マイロンの返答に、キャナル博士も察したのだろう。マイロンの問いかけが、この研究施設の研究員に発症している病気に大きく関わることに。

そうしてマイロンの考えが彼女の求める答えとは大きくかけ離れているであろうことも。

表情を曇らせる彼女を見て、マイロンは椅子に深く身を沈めながら無感情に言い放つ。

「……さて、そろそろ病（かれら）の声も鮮明になってきた。……キャナル博士。申し訳ないが出て行ってもらおうか。次にここに入るときは、僕の質問の答えを全部用意してからにしておくれ」

◆

研究施設の医療エリアの一室で、戻ってきたキサラギを迎えたマイロンは開口一番に言い放つ。

「キサラギ、病（かれら）の言いたいことがわかったよ。ここの研究そのものが駄目だ。地球産の感圧塗料、ゼオライトを用いた生命維持装置、そして地球人には知覚できない、この星特産の塗料成分が病気の原因だろうね」

キサラギは疲労が濃く残った顔で、マイロンと携帯端末の画面を交互に見ながら言った。

「……ええ、あなたから送られてきた情報で、ある程度は察していました」

感情を押し殺そうとしたが無理だった。一番望んでいない結果に絶望を吐き出して声を震わせながらキサラギは言葉を続けた。

「本来、生命維持装置のフィルターは吸着する成分のサイズによって、その穴の大きさを変えます。しかし今回はミオラルド人と、ここの研究に最適化するためカスタマイズした……システムで自動的に吸着する成分を判別するようにした。しかし、そうすることで本来は二酸化炭素同様に吸着するはずの塗料成分がゼオライトをすり抜けてどんどん気体中に溜まっていった……。何故、システムで判別できなかったのか、それはシステムを作った地球人には感圧塗料の鉱物成分が知覚できなかったから……。だけどそれは地球人にとっては幸いだった。この成分分子は、その性質ゆえ地球人にとっては無害だった……」

うな垂れた彼女は携帯端末の画面を凝視する。

「塗料の成分が濃縮し、濃縮成分をミオラルド人が吸い込んだから細胞の損傷を引き起こして鬱病のような症状を発生させたと？　そんなことがありえるんですか？」

半ば独り言だった。

だがそんな彼女の問いかけにマイロンは頷いて答える。

「例えば人間でいうと酸素や二酸化炭素の濃度が上がれば思考の混濁が見られる。軽度であれば頭痛レベル、集中力低下、吐き気を伴い思考が鈍る……見ようによっては鬱病の症状と似ているだろう。残念ながら鬱病と違って、このまま例の塗料の成分を吸い続けると肺の損傷が激しくなり、その他の臓器も傷つけられて、最後には死ぬけどね」

マイロンの言葉にキサラギは苦痛を溜め込んだ息を吐き出した。

「死ぬ……では施設で働き続ければ、いずれそうなると……。感圧塗料、そして塗料を使用した施設はこの研究の肝です。それをなくすということは……」

「共同研究は間違いなく中止になるだろうな。人的・文化交流よりも、病が優先される。当たり前だね」

キサラギは深くため息をついた。

キャナル博士の絶望は自分が感じ取っている以上のものだろう。彼女のことを想うと行き場のない感情に翻弄されてしまいそうだ。どこにも救いがない。

キャナル博士は自分の心のありようを証明しようとして地獄へと突き進んでしまったのだ。何もかもが彼女の望んでいない方向に向かってしまった。

マイロンに傷つけられ、拠り所にしていた研究にも裏切られて、今、彼女はどうしているだろうか。キャナル博士のことを考えながらキサラギは暗い声で言う。

「しかし、この塗料成分の鉱物が地球人には知覚できないなんてことはわかりやすい課題です。何故、こんな初歩的なことがわからず何の対策も打たずに生命維持装置を完成させたんですかね」

「簡単な話だ。課題を解決できる時間がなかったからさ」

マイロンの答えにどういうことだと言いたくてキサラギは緩やかに顎を持ち上げた。

人差し指を立てながらマイロンは丁寧に説明する。

「費用をたくさんかけるクライアントは逆に納期にシビアで課題には鈍感だよ。人をたくさん投入さえすれば解決すると思い込んでいる。実際には、適切な人材を採用しなければいけないのにね。ミオラルド人は優秀な異星人だけど、それでも無理なスケジュール工程に完全に対応できるかといわれたら、違ったという結論なんだろうね」

ならばこの研究の行く末は最初から決まっていたというのか。

そんな事実、もしキサラギがキャナル博士だというなら受け入れられない。

顔を大きく歪ませた彼女に、更にマイロンは厳しい言葉を放つ。

「さて、ここからは君の仕事だよ。君が辛いならミスト爺に任せても構わない。今回の病についてキャナル博士に報告、ついで明日行われるミオラルドの星知事との定期報告会議に議題として追加で取り上げてほしい」

◆

マイロンの診断から病原は確定し、程なく共同研究の凍結が決定し、研究施設も廃棄されることになった。当然、キャナル博士も別の研究施設に移ることになってしまった。

本来ならば、後々のことは惑星の政府に任せてキサラギたちは早々に星を発つはずだったが。

ナイチンゲールの操縦室には重たい空気が流れていた。

今度はキャナル博士だけが鬱病のような症状を発症して、とうとう動くことすらできなくなってしまったという。キャナル博士は優秀な研究員だったため、ミオラルドの政府から直々に彼女の治療依頼がナイチンゲールに届いてしまったのだ。

キサラギたちは彼女の症状について話しあうことになった。

立ちっぱなしのキサラギはキャナル博士のカルテを確認するのが精一杯で自分の考えを口にすることができない。ちなみにミスト爺はナイチンゲールの整備のための資金稼ぎと称して席を外している。

仕方ないといった様子で操縦席に座ったマイロンが口火を切った。

「短時間で解決したことがあだになったね。あと一ヶ月も滞在期間があるのだから、その間にキャナル博士の治療をしろとのことだ」

「呼吸器官のスキャンはしました。何も異常が出ていません。……つまり、キャナル博士は他のミオラルド人とは違う症状です」

キサラギは携帯端末でキャナル博士の肺の状態を確認した。画面から顔を離して言う。

「病気の原因は取り除(のぞ)いたはずです。どうして彼女は発症を？　地球人でいう鬱病は、あの異星人には発症しないはずです。それなのに何故？　……ドクターマイロン、何か言ってください」

「正直、興味がわかない。病(かれら)の声が聞こえない」

　そうはっきり言われてキサラギは顔を引きつらせた。

「はあ？　いつものあなたはもっと……！」

「いつも？　前から思っていたけどね、君は僕に期待しすぎているんじゃないかな。僕は大した男ではない。……ただ病（かれら）の本音が聞きたくて病（とも）と交流しているだけの、ちっぽけな男だよ！」

　マイロンの言葉にキサラギはすっと顔から感情を消した。

　キャナル博士をあれだけ深く傷つけておきながら、マイロンは、まるで他人事（ひとごと）のような顔をしている。

　キサラギは声音だけ苛々（いらいら）させながら言った。

「別に期待ではなく……私は知っているんですよ。あなたと会話したあとでキャナルさんは明らかにおかしくなりました。なら、おかしくしたあなたが責任を取るべきです。それとも彼らの声がどうのこうの言いつつ都合が悪くなったら逃げるんですか」

　携帯端末を操縦席の椅子に放り投げると彼女は腰に手を当ててマイロンに厳しい目線を向けてきた。

「私は彼女には心があると思っています。あなたが彼女を傷つけたんです。だから彼女は心の病になったんです」

　キサラギはずっと思っていたことをマイロンに言った。

マイロンは否定するのも面倒そうな顔をして黙っている。

「これは良い機会だと思ってください、ドクターマイロン」

キサラギは話を続ける。目を釣り上げたまま、座っているマイロンに目線を合わせた。

「心のない医者から、心のある医者に変わる良い転機です」

「僕は心のない医者のままで構わないよ。病を愛する行為さえできればそれで十分なんだから」

マイロンは、どうしてキサラギからこんな風に責められなければいけないのか、わからないといった顔をしている。

マイロンの言葉がわからないのはこちらのほうだ。そう怒鳴りたい気持ちを我慢しながらキサラギは喋った。

「あなたが十分でも、このままではミストさんが限界を迎えます。彼はあなたを支えようとしています。他の方は構いません。ですが、もう少し彼と向き合うためにも、人の心を学んでくれませんか？」

「何故ミスト爺の話がここに出るのかな」

首を傾げるマイロンにキサラギが怒気を強める。

「あなたにはわからないんですか？　ミストさんはあなたに疲れを感じています」

言われるまでもなく、それは知っているというような、マイロンは素知らぬ顔でキサラギの怒りを受け流しているようだ。

「彼のためにも、あなたは変わる必要があるんです」

キサラギは半ば叫ぶように彼に告げたが、マイロンには何にも効いていないようだ。

やがてマイロンはお手上げといわんばかりに両手を挙げた。

「……仕方ないな。そこまで君が言うなら彼女の家に行こうか」

椅子から立ち上がったマイロンを見ながらキサラギが嬉しそうに笑った。

「ドクターマイロン……わかってくれたんですね」

マイロンは神妙そうな顔で頷いておく。

その表情に、やはりマイロンは何もわかっておらず、あくまでキサラギの説教が煩わしくなっただけなのではないかという懸念が生じたが、それでも行動しようとした心意気だけは評価したい。

自分でも偉そうだとわかっているが、今までのマイロンは言っても聞かなかったし、そもそも聞く姿勢すら取らなかった。それに比べたら大分進歩だと感じているのだ。

キサラギは安心して胸に手を置いて微かに笑みを口元に浮かべていた。

「いいんです。少しの変化さえ出てくれれば、それが一つの波紋となって大きな変化を呼び覚まします」

マイロンはそんなキサラギの言葉にも黙ったままだ。そうして彼はキサラギを置いてナイチンゲールから出て行ってしまった。

◆

マイロンはキャナル博士の家に来ていた。

一戸建ての大きな家だ。一人で住むには広すぎる。

扉は開けっ放しであったため勝手に入り込んだのだ。

地球人に傾倒しているのがよくわかる内観だった。あちこちに地球から持ち込んだものと思われる棚など家具が並べられていた。ただしミオラルド人にとって不要なものでもあるらしく、一切使われた形跡がなく置物と化しているようだった。

キャナル博士は奥の寝室でベッドに横になっていた。

マイロンの存在に気付いたようだが起き上がる気配はない。

「……ずいぶん酷い状態だね、キャナル博士」

「もう博士はやめて。ここではただのキャナルよ。……あなたが来たって無駄よ。何もやる気が起きないの。仕事をなくしたっていいわ。私は外に出ない」

暗い表情で虚ろな目をしたまま彼女は口だけを動かした。

「そう」

それだけ返答してマイロンは彼女を放置して部屋を見て回る。

一通り確認したあとで、もう一度彼女のいる部屋に戻ってきた。

「……君は薬剤師としての資格も持っているんだっけ」

「だから何だというの？」

マイロンの言葉にキャナルは淡々と聞き返した。付け加えるように息を吐き出す。

「こんな有様になっても、あなたは私に冷たいのね。どうせ政府から言われたので様子を見に来ただけなのでしょう。……私のことを心の病だと判断して診にきたのかしら？」

マイロンの態度に不満があるようだ。

マイロンは彼女の問いに、あえて答えず無言を貫いた。

「地球人から、こんな話を聞いたわ」

キャナルはぽつりと呟くように言った。

「地球人が他の惑星で働いていたときに困っていた異星人を助けたそうよ。そうすると言語の通じない異星人は急に泣き出したの。何故、助けてあげたのに泣いているのか、気付かないだけで悪いことをしてしまったのか、地球人は困ったそうね。すると宇宙共通語を喋れる異星人がこう言ったんですって。この異星人はあなたに喜びを伝える言語を持たないから、涙を流して、嬉しい、ありがとうと訴えかけているのよ……」

キャナルは目を閉じて少しだけ目元を揺らした。

「私もここで涙を流せば、あなたに心は伝わるのかしら。私にも心があるのだと、あなたに認めてもらえるのかしらね」

感情のないまま、声だけを震わせて、彼女はそう言った。

「あなたの話によると私の感情はしょせん物真似なのでしょう、ドクターマイロン」

「なんだ、僕の言葉を気にしていたのか、異星人らしくない」

マイロンが寝台に腰をかけて彼女の顔を覗き込みながら答える。

キャナルは再び目を開けた。

「ええ、悪いかしら。そんな私が精神病にかかるわけがないわ。きっと別の原因よ。奇跡の診断医と名高いドクターマイロンでなくても、誰でもそう判断するわ。ミオラルド人は心の病にかかるはずないもの」

「いいや、心の病だ」

断言したマイロンの顔をキャナルは見つめている。どこか不思議そうに言った。

「どうしてそう言えるの」

「何故なら、今から僕の告げる言葉で君は回復するからだ。……僕の宇宙船に乗れ。君の望む人的・文化交流が死ぬほどできる」

キャナルはしばらく沈黙していたが、やがてゆっくりと身を起こした。

「……でも私は制限をかけられているの。機密情報を知りすぎているから、この星を出ることはできないわ」

「君は優秀だから。君なら、難なくその問題を解決できるだろう」

「……私にシステムなどの改ざんをして大勢の人たちを騙せって言うの？」

キャナルは声を少しだけ低くして言った。

「誰もそこまで勧めてはいないさ。ただし、選ぶのは君だよ。僕は君のことを待っているからね」

そうしてマイロンは立ち上がると部屋を出ようとしたがキャナルが制止の声を上げた。

「ドクターマイロン、その袋は？　ここに来たときに持っていたかしら？」

「持っていたよ。君が見落としたんだろうね」

そう言って手を振りながらマイロンは彼女の家を出て行く。


その後、キャナルはマイロンの船に乗り、医師団に参加することになった。途端、彼女の鬱病もみるみるうちに回復していったのだった。きっとキャナルは色々システムに改ざんをして、惑星の外に出られるよう無理やり許可をもぎ取ったのだろう。

◆

数日後、キサラギはキャナル博士のことを問いただそうとナイチンゲール内でマイロンを捜していた。操縦席で次に行く惑星を物色しているマイロンを見つけて、キサラギは携帯端末を手にしたまま部屋に入る。

キサラギはマイロンに近寄ると疲れた声音で話しかけた。

「キャナルさんがこの船に乗ることになったそうですね。確か、彼女はこの星から出られない制限がかかっていると思っていましたが」

「そうだね、きっと本人が頑張ったんだろうね」

無感情に言い返されたのでキサラギは呻き声に似たため息を吐き出す。

マイロンはゆるりとこちらを向いてキサラギに目を向けた。

「なんだい、その顔は」

そう思わずマイロンが呟いてしまうくらいに酷い表情をしていたのだろうか。キサラギは顔を手で覆った。

こんな気持ちになったのは全部マイロンのせいだ。

彼女の鬱病が治ったのはいいことだがマイロンの性格には何の変化も見えない。

何をしに彼女の家に行ったのだろうか。

また彼女の心を深く傷つけたのだろうか。

半ば諦めの気持ちを抱きながらキサラギは淡々とした口調で言う。

「……キャナルさんに心があるって認めたんですか？」

　げっそりとした表情でマイロンは返した。

「何を言っているんだ。僕の言葉のどこをどう聞けば、そう思えるんだ？　あれはしょせん物真似だろう。本人も言っていたよ。『私もここで涙を流せば、あなたに心は伝わるのかしら』という言葉を。感情を手段に使う時点で、その気持ちは偽物だろう」

「……彼女のもとに向かったのに、まだあなたはそんなことを？　何のために彼女を診にいったのですか？」

　鋭い視線を送ってくるキサラギから顔を背けてマイロンは答える。

「彼女の家を探るためだよ。彼女を変えている何かしらのものがあるなら、間違いなく彼女の家に残っているはずだと思ってね」

「彼女に優しい言葉をかけてあげるためではなかったのですか？」

　呆れたキサラギにマイロンは飄々とした様子で言い返す。

「違うよ、君は何を言っているんだ。僕が動くのは病（かれら）のためだろうに」

「それもそうですね。訊（き）いた私が馬鹿でした。……それで何か見つかったんですか？」

　マイロンはホログラムモニターを大きくした。

　そこには見覚えのある缶ジュースが映っている。

「確かこれは鮮烈の赤と呼ばれる、今、あちこちの銀河で流行っているエナジードリンクですね」

「同じなのはガワだけだよ。中身は彼女が薬剤師の知識をフル活用して別のモノに変えている。……調べたよ。興奮剤の一種さ。異星人をハイにさせる麻薬といったほうがわかりやすいかな？　彼女はこれを常用していた。だからあんなに感情豊かになっていたんだよ」

つまりキャナル博士には心など存在しなかったという結論だ。

マイロンの言葉にキサラギは悲痛な感情を堪えながら言った。

「つまり、心を薬で作っていたということですか？」

「正確に言うと微少な感情を一時的に増幅していたんだろうね」

マイロンはホログラムモニターの表示を切り替えた。次に向かう惑星の物色作業に戻ったようだ。

「今回、彼女が極端に無気力になったのは、急に興奮剤をやめたからだろう。既に中毒状態になっていたからこそ、やめたときの反動は大きい。興奮剤をやめた理由は地球人との研究が中止になったからかな？」

キサラギは明らかになった事実にショックを受けてしまって、顔を強張らせて呟いてしまう。

「……どうして興奮剤なんかを……」

「確認したところ、どうも僕が来る前のキャナルはあんなんじゃなかったらしい。もしかして僕に会えるから、あえて僕に合わせようとするために薬に手を出したのかもね。誰かと仲良くなるためには共感や同調といったものが近道だしねえ」

「そんな……」

「つまり元々ミオラルド人には地球人ほどの心はないんだよ。それがまごうことなき答えというわけだ」

今回もマイロンは正しかったのだろう。

彼はキャナルの心を何らかの症状の一つだろうと疑っており、今回、問題となった病気とは別のものでないかとも考えていた。早めに切り分けをしたかった彼の判断は的確だった。

まさか彼はその残酷な事実をキャナルの家を訪ねたときに、当の本人に告げてしまったのだろうか。

嫌な予感に寒気がして、キサラギは歯を食いしばりながら言う。

「それ、まさか本人に言ってないでしょうね」

「まさか。また興奮剤をやめて病気になってしまうよ」

「そっちは認めるんですか」

「もちろん。病（かれら）の声に偽物も本物もないからね。僕はただそこにある病（かれら）を信じるだけだよ」

マイロンはキサラギに向かって微笑みかける。

「患者は信じないくせに」

「どうやら君には僕の気持ちが、まだ伝わっていないらしいね。地球人なのにね」

いい加減、同じことのくり返しで嫌になってきたのだろうか、露骨に飽きたような表情をして、マイロンはホログラムモニターを消して、キサラギに向き直る。

「いいかい、僕は異星人なんてどうでもいいんだよ。病こそ全てなんだ！」

「だけどあなたの、その態度でミストさんは……」

なおもマイロンに厳しい言葉をかけようとしたキサラギだったが、部屋に入ってきた人を見て口を閉じる。

ミスト爺だ。整備から戻ってきたのだろう。

「やあ、ミスト爺、僕は今彼女と口論になっていたけど大したことじゃ……」

そうマイロンが言いかけたのをミスト爺は止める。

「マイロン。お前の酷さはようしっちょる。じゃけえ別に何も言わんでええわい。今回も患者は治った。それで儂は十分じゃけえのう」

「ミストさん」

余計なことをしてしまったとキサラギは眉根を寄せて俯いた。そんな彼女にミスト爺は同情めいた視線を送りながら、はっきりと言う。

「儂とマイロンの間に友情があったところで、マイロンに綺麗な心が芽生えたところで患者の病気はようならん」

「……はい。それでも……」

「知っとる。嬢ちゃんは儂のことを気にかけてくれとるんよね。でも儂は嬢ちゃんに伝えんかったことが一つあってのう」

「なんですか？」

顎を上げたキサラギにミスト爺が真面目な顔で言った。

「嬢ちゃん、儂はな、マイロンとおれば、そのうちものすごい金が稼げるんじゃないかと考えちょる。……いやいや、冗談じゃないいね。マイロンの中身は糞じゃが総合診断医としての実力は本物じゃ。そのうち宇宙を股にかける医者となって、儂とリトルグレイに溢れんばかりの富を与えてくれるに違いない。儂はそう信じちょるんじゃ」

その声にキサラギの目が大きく見開かれる。

欲望に素直になったミスト爺の本音だ。

まるで子どもの思い描いているような、現実的なものとはいえない夢想だ。

どういう反応を取ればいいのだろう。

ミスト爺を傷つけない言葉を必死で考えながらも、キサラギは困惑して弱々しく唇を噛みしめる。

そんなキサラギの様子に慌てた様子を見せたミスト爺は早口で言った。

「いやいや、笑い話じゃないいね。真面目に聞きんさい。今のマイロンは宇宙を渡り歩いとる割には惑星滞在期間が決められちょるくらいに影響力は弱いが、こいつはそのうち大物になる。根拠は儂の勘しかないが、この勘は本物じゃ」

「いやあ、ないよねえ、ないない、ほんとない。ミスト爺って、僕を金儲け（かねもう）の道具に使おうと公言して憚（はばか）らないっていうかさ？　そういう思惑があるのは知っていたけど、普通、こういう場で明らかにするかなあ。もう少しオブラートにくるんでほしいよねえ」

マイロンの言葉にミスト爺は口ごもりながらキサラギに言う。

「とにかく……言葉にせんことで嬢ちゃんに誤解させた。悪かったのう」

「い、いえ、別にそんな……私も早合点でしたし……そんなミストさんの気持ちに気付かないで……」

マイロンに不満のあるミスト爺の気持ちは本当だろうが、それは彼の目標達成に現在が程遠く、その原因には根本的にマイロンの糞な人間性があることを歯がゆく思っていただけなのだ。

ぼんやりとした様子で二人を眺めていたマイロンは、あっと小さな声を上げた。何か言いたいことがあるようで、慌てふためきながら口を開こうとした、そのとき、

「皆さん、こんにちはー！」

強制通信が入り込み、ホログラムモニターが表示された。キャナルの顔が映っている。

「今日からナイチンゲールに参加することになったキャナルよ、よろしくね。ところで、どうやってこのロボットに乗り込むのかしら？　入り口がわからないのだけど？」

そう、今日から彼女がこの船にやってくるのだ。

「さ、さすがに今日だとは聞いていません」

キサラギは愕然として呟く。

ミスト爺も聞いていなかったようで、マイロンに責めるような視線を送っている。

マイロンは一人上機嫌な様子だ。

新たなメンバーも加わり、ナイチンゲールは忙しくなりそうだ。

◆

ナイチンゲールの整備室で、キサラギは、しゃがみ込んでホログラムモニターを表示しながらリトルグレイと会話をしているミスト爺の姿を見つけた。

ミスト爺はキサラギの気配にすぐに気付いたようで彼女のほうに顔を向ける。

「おう、嬢ちゃんか。この船にもう一人増えることになったが。……そいで、嬢ちゃんの答えは見つかったんかのう？」

「……同じ質問をキャナルさんにはしないんですか？」

「あれは駄目じゃな。しても無意味じゃ」

ミスト爺もキャナルには心がないという結論なのだろうか。

悲しくなりながらもキサラギは言う。

「……まだ私はミストさんに言える何かを持っていません。けど、一つ聞きたいことがありまして……ミストさんは地球が憎いのですか。今回も、結局、地球が絡んでいましたし、それに嫌な顔もしていました……何か思うところがあるのですか」

ミスト爺は地球について複雑な感情を持っている。

それは今までの彼の行動を見てもわかっていた。

「憎いとか憎くないとかじゃない……。テザー衛星のも、今回の研究についても金を稼ごうとしている割には、効率が悪いとは思うておるんだけいね。儂なら、もっとうまくやるけえのう」

キサラギはミスト爺の言葉の意味がわからず首を傾げる。

彼は嘆息しながら立ち上がった。リトルグレイの映ったホログラムモニターはそのままにキサラギに言う。

「そうじゃろうが。リスクが高いことは悪いことじゃないいね。だが最低限のマナーは守らんといけん」

「意味がわからないのですが」

「一般的に犯罪の類（たぐい）とされるものに手を出して金を稼ぐのは駄目ということいね」

「それならわかります」

　キサラギが大きく頷くとミスト爺は、もう一度しゃがみ込んで整備の続きを開始した。

「別に儂は聖人ぶって、そんなことが言いたいわけでもないいね。リスクが高いのは問題ない。じゃが高すぎるのは良くないんよ。地球もそこまではわかっちょるはずなんじゃが……最近のは、やりすぎかのう」

　キサラギは腕を組んで「やりすぎ？」と尋ね返す。

「ここまで大勢の人間をあからさまに巻き込んで悪者になるやり方だと、世論が許さんいね。どれだけ情報統制しようとも無意味いよ。必ず恨みは広がり、消えずにずっと根付くじゃろう」

「なら世論に情報が流れないように契約で縛ってしまえばいいじゃないですか。それに地球のやり方に賛同できない星とは協力しなければいいです。宇宙にはたくさんの星があります。わざわざ反対するようなところと一緒に働かなければいい。……私自身は、そういうやり方は好みませんが、元々地球はそういう方向性の考えをした惑星だと思っていましたが。確かにここ最近の地球が起こした出来事は、少し問題が大きくなっていますけれど……」

「自分たちのやり方に賛同しないものを切っていったり黙らせたりする手法は、そう長くは続かん……。いいや、そういう言い方は間違っておるかのう。それは禍根を残す。残した禍根は、また別の禍根を産む。マイナスな感情は忘れ去られたとしても、何かをきっかけにすぐに元に戻る。決して消えることはないんよ」

「ミストさんの言葉は感情的でわかりにくいです」

キサラギが正直に答えるとミスト爺は説明を加える。

「……例えば契約の機密事項を洩らすなという縛りで好き勝手にやったとしても、恨み辛みまで縛ることはできん。誰かが死ぬほど苦しんだりした感情は泥のように残り続ける。下手するとゲロのように撒き散らされる。泥やゲロは毒ではないが、いつまでも微生物のようにこびりつき、やがては何かしらの病として発症するかもしれん」

難しい話とまでは言わないが、やはり感情的なものに思える。

だが口を挟むこともできず彼の話を聞き続けた。

「世の中には体裁がある。たとえどれだけ汚いものでも役に立たないものでも、最低現に綺麗に見えるよう整える努力はやるべきいね。どの方面からでも、そう見えるように」

そうしてキサラギの顔を見たミスト爺は、どこか諦めた様子で質問した。

「そこまでする必要があるんか、と嬢ちゃんは思うか？」

「……だって、もうそれはいらないもので……」

「爆弾を抱えたいらないものをリリースして遠くで爆発されるよりはましいね。……もっと簡単にいうと最初から爆弾なんかないほうがええじゃろうが。その辺、地球はやり方が下手よね。爆発前提で『自分は悪くない』と守ることにしか興味がないように思えるんよ」

「つまり、やはりミストさんは地球のやり方に反対しているんですか？」

「反対とかそういう意味じゃないいね。何度も言うように、もう少しうまくやったほうがいいとは思うだけなんよ」

「私にはよくわかりません。……ミストさんは、やり方が気にくわないだけで地球を恨んでいないんですね。今までの言葉を聞くに地球を擁護しているように聞こえます。ミストさんに何があったのかは知りませんが……もし過去に憎んでいたとしても今は赦したんですか？」

どうしてキサラギはこんなことをミスト爺に尋ねたのだろうか。

自分でも自分の感情がわからず、もどかしく感じながらも彼の返答を待つ。

するとミスト爺の顔が醜く歪んだ。

「……いいや、赦すことなどありえないいね」

今まで見たことのない気持ちの悪い笑みを浮かべたミスト爺は低い声で言葉を続ける。

「金を積まれても、いつまでも赦さん。恨み辛みを捨てろと言われても、永遠に悪意を散らしてやるんよ」

すっと感情を顔から消して吐き捨てるように告げた。

「そう、誰にも見えない形でのう」

なら今までの話は何だったのか。

ミスト爺は彼なりに地球のやったことを理解していたのではなかったのか。

キサラギは表面上のことばかりしか、わかっていなかったのか。

どうしてこんなに彼の言葉にキサラギは痛みを感じているのか。

そう、もっと別の言葉を期待していたような。

喘（あえ）ぐように息をするキサラギにミスト爺は言った。

「嬢ちゃん、お前も地球に何かしら思うところがありそうじゃが……」

「それは……」

「誤魔化さんでええ。同じモノを憎む同士は大体目を見ればわかるいね」

憎んでいるのか。

ミスト爺の言葉でもキサラギは自覚できない。

この淀んだ感情が何なのかはわからないが、キサラギが地球に関して、わだかまりを持っているのは確かだ。

「嬢ちゃん、もし儂が許すと言ったら、赦すことにしたんか？」

そう言ってミスト爺は僅かに口元を歪めた。どこか自虐めいた笑い方だった。

そのあと、キサラギは一人考える。

ミスト爺が赦したのなら、間違いなくキサラギも後に続いただろう。

第三者がそうだと言ったのなら、正しいに違いないと思い込んで。

とくにミスト爺は経験豊富だ。彼の考えは信頼できると無条件に信じ込んで。

いつもそんな生き方だった。

キサラギには自主性はなく、今も自分でこうしたいという気持ちはない。全て外側からの出来事を起因にして行動しているのだ。

ミスト爺が最後に見せた、あの自分を痛めつけているような笑顔は、どういう意味なのだろう。

何度も彼の顔を思い返しながら、キサラギは今でもわからずにいる。

カルテ4　失明ゾンビ病

キサラギたちはフローラと呼ばれる星に来ていた。マイロンの強い要望だ。

そこは監獄惑星と呼ばれ、特定の銀河から簡易裁判で判決のくだった重罪人が集う星だった。どういった事情の重罪人がこの星に送られるかは、各星の定めた運用によって異なるが、大体、自分たちの星で扱いの難しい犯罪者が、監獄惑星に送られる。そこで犯罪者は一時的に収監されて、その犯罪者の出身惑星と、犯罪を起こした惑星間での手続きが済んだあとに最終的な対応が決まる。犯罪者の出身惑星に強制送還されることもあるし、そのまま監獄惑星で刑が執行されることもあるし、犯罪を起こした惑星で改めて罪を償うこともある。

ミスト爺はこんな星に、星境なき医師団が手を差し伸べる意味はあるのかと疑問を持っていたが、マイロンが無理を言って押し切ったのだ。

だがキサラギたちは監獄惑星の留置場の一室に詰めこまれてしまっていた。

マイロンが留置場に行かされるのはわかる。彼は診断と称して、それだけのことをしている。

だがキサラギは決して犯罪に手を出してはいないはずだ。

それなのに彼女はマイロンたちと引き離されて、取り調べ室のような場所に閉じ込められていた。

戸惑いながら椅子に座ったキサラギに、フローラの職員がモニターごしにキサラギの罪状を読み上げてきた。

アクト№1の立ち入り禁止区域に侵入した軽犯罪法違反および、そこに埋められていた現地民の子どもに対する略取・誘拐罪に問われていることを告げられる。

「そ、それは……」

事実だ。

キサラギは治療のためにアクト№1のフェイチェンの子どもを拉致し、無断で生検を行った。

しかし、何故(なぜ)それがばれているのだろうか。

混乱して何も言えないでいるキサラギに職員は、情報提供者による証拠があるため黙っていても無意味だということを言われてしまう。

「情報提供って、誰が……？」

そうは言っても、その事実を知っているのはマイロンたちしかいないはずだ。

キサラギは絶望に喘(あえ)ぎながら息を大きく吸い込んだ。

まさか、マイロンが。

◆

「なあ、マイロン」

　この雑居房にはマイロンとミスト爺しかいない。

　この監獄惑星は特殊で、看守は衛星軌道上にいて遠隔操作でアンドロイドを操作し、罪人を管理する仕組みだ。

　ミスト爺はマイロンの顔を見ながら話しかけてきた。

「これから収監されるのに何をそんなに楽しそうにしとるんじゃ。儂（わし）らはともかくお前は駄目じゃろう。そもそも儂は言うたじゃろうが。色んな惑星に来たが、さすがに丸ごと刑務所みたいな惑星に行くのは、お前の場合はまずいと。星境なき医師団だからとお目こぼしを貰（もら）っとるところも多いのに、わざわざ自分から捕まりに行くようなもんじゃと。……一体、何のつもりじゃ」

　一緒の留置場に入れられているミスト爺はその場に座り込んだ。

「全てが僕の思惑通りに進んでいるからさ」

「なんじゃと？」

　そこまで言ってミスト爺は若干、顔を青ざめさせながら言葉を続けた。

「……お前の聴取の時間が、儂のときに比べてえらい長かった気もしたが……何をしたんじゃ」

「さすがミスト爺、気付くところが違うね。どうせならこのまま何もわからないで収監されたほうが心の安寧にはなっただろうに。僕のために働いてもらうことに変わりはないんだから、集中力を阻害するような要因は最初から省いておいたほうがいいだろう?」

「お前は何を言うとるんじゃ。お前の言い方だと儂も収監される前提に聞こえるいね。誤魔化してないで儂の質問に答えるんよ」

マイロンがミスト爺への返答内容を考えていると、奥の方から何やら騒がしい物音が聞こえてきた。

バタバタと足音を立てながらやって来たのはキサラギだ。どうやら監獄惑星の職員に追いかけ回されながらもマイロンのもとまで走ってきたらしい。

「ドクターマイロン。何故、私たちまで収監されるんですか? あなたが何かしたのでは!」

マイロンの姿を見つけたキサラギは追ってきたアンドロイドの職員に背中から羽交い締めにされながらも、長い銀髪を振り乱してマイロンに向かって吼え立てる。

「わーお、下手な抵抗をすると罪が重くなるよ。……それに何故って、それはないだろう、キサラギ。君がアクトNo.1で行った犯罪の数々を僕はきちんと覚えているよ。まあ、主に僕がやらせたのもあるんだけど？　拉致監禁って結構、罪が重いよね。しかも意識がないのをいいことに抗生剤という名の薬を好き放題投与したわけだからね。まったく酷(ひど)いことをしたもんだよ。僕はそういうのを、きちんとここの職員に隠すことなく正直に伝えてあげただけさ」

　マイロンの言葉にキサラギは顔を真っ赤にして怒鳴った。

「ドクターマイロン！　まさか同じようなことをミストさんやキャナルさんにも？」

「ご名答。察しのいいキサラギは嫌いじゃないよ」

「最低です！　一体、何の恨みがあって、こんなことを！」

　必死に職員たちに連れて行かれないように抵抗しながらも、困惑するキサラギにマイロンは言ってあげた。

「ここに僕の望む病(こ)がいる。一度だけこの病(こ)を、ある星で見つけて、ずっと捜していたんだ。……ようやく、その病(こ)を宿した患者(うつわ)の居場所を見つけたけど、ここに収監されたと聞いてショックだったよ。だって、僕は僕一人では何もできないことを一応自覚しているからね！　……僕はこの病(こ)に会う運命を持っている。だからこそ君たちには一緒に病(かれら)と対話してもらう必要がある。何故なら君たちもナイチンゲールの一員だからだ」

「はあ？　何を言っているんですか？」

　愕然(がくぜん)としたキサラギに苦笑しながらマイロンは答える。

「もっと詳しく言うと、この星に入ってきたときに、ここの政府から星境なき医師団であっても僕みたいな厄介者はいらないから、早々に星を出るか、大人しく罰を受けるかみたいな選択を迫られたんだけどね。せっかくここまで来たんだ、あの時、出逢えなかった運命の病に再会できないまま、すごすごと引き下がるなんて、僕には到底できなかった」

「いや、わけがわかりませんって。何を……」

「だから運命の病と対峙するには多くの仲間が必要だと言っているんだよ」

陶酔した双眸でキサラギを見ると、彼女は鋭い眼差しを閃かせながら言った。

「……あなた、私たちを収監させるために、まさか意図的に私たちが犯罪に手を染めるように仕組んだんですか？」

「うんまあ、そういうことかな？　そんな言い方をされると、まるで僕が悪いように聞こえるけどね。だって結局、君たちが、君たちの意志で判断して選択したことだろう？」

そうマイロンが言い切るとキサラギが傷ついたような顔をした。

キサラギは歯を食いしばった様子で、それ以上は何も言ってこず、そのまま職員に連れて行かれてしまった。

マイロンたちの様子を呆れた目で眺めていたミスト爺はため息をつきながら言う。

「目的の患者がおるから、ここに儂らを巻き込んだ上で潜入した。そこまではわかったっちゃ。とはいえナイチンゲールも取り上げられて、どうするつもりなんよ、マイロン。そもそも収監された状態で、その患者と接触できるんかいのう」

ミスト爺はナイチンゲールとリトルグレイのことが気になるらしい。

一応患者を話題にしているが、彼の確認したいのはそこだろう。

だからマイロンは親切に教えてあげることにする。

「ナイチンゲールについては、一定期間は、この惑星にきちんと保管されるはずだよ。その後も然るべき手続きを経て星境なき医師団に返却されるはずだ。ナイチンゲールは一応、星境なき医師団の管理下に置かれているからね」

マイロンの返答にミスト爺は曖昧に顔を歪めた。

もしミスト爺が星から出られないにしても、ナイチンゲールとリトルグレイに関しては星境なき医師団が何とかしてくれるだろうから、もっと安堵してもよさそうなものだが。

「ちなみに僕は、とある惑星の簡易裁判で終身刑を既に言い渡されているから、どうやらその刑を適用するとのことだよ。とはいっても、まだ完全に決まったわけじゃないからしばらくは留置場に入れられたままみたいだけどね」

マイロンの言葉にミスト爺は後頭部をかきながら困ったように言う。

「……留置場に入れられている段階で何とか手をうたんと、この星のあちこちにある刑務所にバラバラに入れられると合流もままならんよ」

「その辺りはわかっているとも」

　そこまで言ってマイロンは顔をしかめた。

「……それに声が聞こえるんだ。おそらく病(かれら)は待ってくれない。すぐにでも患者へ牙をむくだろう。この病(こ)はかなり凶暴だ」

「病(かれら)？　ああ、病気のことかいのう。お前がそういう風に表現するのは珍しいのう。大体、同情的じゃろうに」

「嫌な予感がする、なんて簡単な言い方をしたくはないんだけどね。ここに来るまでに、かつて僕が見つけた患者と同じ声を発する病(こ)を、何人か見かけたんだ」

　マイロンが苦笑しながら言うとミスト爺が難しい顔をした。考え込むように腕を組んでいる。そうしてポツリと言った。

「同じ病気なんよね。……なら感染しているっちゅーことかのう。感染症なら確かに厄介っちゃ。しかも来たばかりのお前が何人か気付くくらいの感染力ってことじゃろうが。その目的の患者が収監されてからは、どんくらいよ？　だいぶ時間が経過しとるんなら、尚(なお)更(さら)、危険度が増した状態じゃのう」

「そうだね。まったくもって、その通りだ」

　肩を揺らして答えるマイロンに、ミスト爺は怪訝(けげん)そうに尋ねてくる。

「何がおかしい？」

「いや、僕が酷いことをしたのはキサラギだけじゃなく君も同じなのに、ミスト爺はさっきの彼女みたいに僕を責めることはしないんだなって。そう気付いたら、おかしくて堪(たま)らなくてね」

「言っておくが、お前のやったことを許したわけじゃないいね。儂の思っていることは、嬢ちゃんが全部出してくれたんよ。時間の無駄じゃけえ、改めてお前に言わんだけっちゃ。そこを勘違いされても困るいね」

「これは手厳しい」

マイロンは額を叩(たた)いておどけた様子を見せた。

「味方のいないナイチンゲールのチームで、リトルグレイもおらず、僕は孤独な戦いを強いられるわけだね」

「こんなことをメンバーにしておいて、賛同を得られると思ったほうがおかしいっちゃ。……ええか？　この借りはきっちりお前の将来性で稼いでもらうけえのう。次は金の稼げる星にするんよ！」

ミスト爺にきっぱり言われてマイロンは苦笑してしまった。

「せっかく今回は、滞在期間の制限がないというのに、僕の周りは、病(かれら)との交流を邪魔する敵ばかりだね。とっても辛(つら)いよ」

異変はすぐに出てきた。

夜、留置場で寝ていたマイロンは、人の悲鳴で叩き起こされた。ゆるりと起き上がり周りを見回すと真っ暗な中に血の臭いがする。同時に、獣のような呻き声と、救いを求める人の声に、喧しいとだけでは表現できない、肉を貪るような不快な物音が混じっていた。

ミスト爺はとっくの昔に目を覚ましていたようだ。用心深く周囲を警戒している。

地球人はマイロンとは違って闇の中では目が見えづらいため、ミスト爺にとって、この状況は不利になるかと思ったが、杞憂だったようだ。

やがて物音の正体が判明する。

囚人服を着た中年の男が足を引きずりながら、ゆるゆると留置場の廊下を歩いている。

ふらふらとした足取りに、だらだらと零した涎、血にまみれた手足を見るに尋常ではない。

どうやらマイロンたちの入っている雑居房にまで入ってくる気はないらしい。

とはいえ、この雑居房には鍵がかかっているため、あの男が鍵を持っていない限りは電流の流れる鉄格子に阻まれて、ここに入ることはできない。

しかし、こんな異常事態というのに、誰も職員がやって来る気配がない。

マイロンはあえて物音を立ててみることにした。傍にあった寝台を何度か拳で殴ってみる。

　すると、その男は即座にこちらに気付いて異常な速度で走ってくると鉄格子にぶつかって転倒した。電流もくらったらしくのたうち回っている。

　しばらく悶えていたが、その男は再び立ち上がると何度も鉄格子に衝突する。そのたびに電流でダメージを負ってしまい、やがて動かなくなった。

　呻き声が増えていく。他の囚人が集まってきて、同じようにマイロンたちのいる部屋の鉄格子に身体をぶつけてきた。全員、似たような異常な様子を見せている。

　ミスト爺は驚愕した顔で彼らの様子を眺めていた。

「ふむ、面白いね」

　マイロンは呟きながら、寝台に使われている鉄製のばねを引きちぎって取り出して、その尖った先を、タイミングを見てぶつかってきた男の足に突き刺した。

　男は無反応だ。電撃に対しても痛みを覚えてのたうち回るのではなく、身体がうまく動かないことに地団駄を踏んでいるように見える。

「痛みは感じていないわけか。痛覚が麻痺しているのかな？　それとも、何かしらのことが原因で、それを感じる脳の部位が破壊されているのかな？　ミスト爺、どっちだと思う？」

「儂にはようわからん……」

ミスト爺は事態についていけないようで、だいぶ混乱している様子を見せている。

マイロンは飛び散った血を観察した。

「……少なくとも、目の前の男たちは死んでいるわけではないね。新鮮な血だ」

マイロンはふっと自嘲気味に笑って言葉を続けた。

「これが噂に聞くゾンビというやつだと思ったが、死んではないから違うな。ただの極端に頭のおかしくなった人間が大暴れしているだけかな？」

「ほんまに生きとるんか？　その割には儂らの言葉が通じんみたいじゃがのう」

「確かに」

マイロンたちがこうして彼らを観察しながら大声で喋っているというのに、何の反応も見せない。マイロンたちのいる部屋に入ろうとして、くり返し馬鹿みたいに鉄格子にぶつかるばかりだ。

「ゾンビと呼ばれる生物みたく、儂らを食おうとしているようにしか見えんいね」

「やっぱりそうなのかな？」

鉄格子に衝突を繰り返している集団が全員、電流にやられて動かなくなったのを確認して、マイロンは鉄格子に触れないようにして廊下の奥を覗き込む。

耳をすますと肉を咀嚼する音が微かに聞こえてきた。

「……実際に食べてしまっているみたいだね。ここからだとはっきりとは確認できないけれどね。……でも、近くで見てみないとわからないけれど、あれはもう駄目っぽいな」

「駄目っぽい？　おい、一人でボソボソ意味不明なことを言うのはやめんさい。儂にわかるように話しい。ほんまにこれはお前のいう病なんか？」

「ああ、それは間違いないよ」

不安そうなミスト爺にマイロンは大きく頷(うなず)いた。

「こんな凶暴な奴(やつ)をどうやって問診するんよ」

皮肉そうに口元を歪める彼にマイロンはにっと笑う。

「幾らでもやりようはあるよ。少なくとも電流で行動不能にできることは判明した。……しかし人食か。早く検査したいな。人食していない個体もいるし……違いは何なのかな。そういえば似たような生物を地球で見たような……何だったかな」

こうしている時間が惜しい。早く問診をしたいとマイロンは考えていた。

ここの患者たちには、まだ病名診断を確定していない。

他にどんな症状が出てくるか分からず、今、死んでいないとしても、そのうちこの病の影響を受けて死に至る可能性は高い。

ミスト爺は立ち上がった。しかし、どこか頼りなげな目線をマイロンに送ってくる。

「お前の考えはわかったいね。お前は、あのゾンビみたいな奴らを患者として扱い、治療する気なんじゃな。だが、あいつらは儂らを襲撃してくるいね。治療される気のない患者を相手にするほど大変なことはないんよ。……それに、さすがに武器がないと出歩くのは嫌いね」

「ナイチンゲールの遠隔操作が使えないからね。……とはいえ君の気持ちはわかるよ」

マイロンは片方の眼球に指を突っ込んで自分の目を抉り出す。空いた穴から幾つかの機器を取り出した。小さな丸い機器と細い鉄棒を指でつまみ出す。

「お前……そんなところに、何を入れておるんじゃ」

「義眼みたいなものだよ。また別の目を入れるから気にしなくていいよ」

マイロンは服の裾を破ると目から流れ出る血を拭って、空いたほうの目を布で覆った。眼帯の代わりだ。一時的な処置だが十分だろう。

そんなマイロンを見ながら慌てた様子でミスト爺が言う。

「いや、そういうことを言いたいわけじゃ……。まあ、ええいね。出してきたそれは、一体なんじゃい」

「発信器を感知する機器と小型スタンガンかな。発信器は君たちに勝手につけておいたよ。まだ留置場の段階だから身体検査スキャンが簡易的なもので助かったよ。これがもう一段階上だったら、全部引っかかっていただろうね」

「その辺りも全て折り込み済みじゃろうが。儂の前に、いかにも良かったなんて嘘の感情を出すんじゃないいね。こんな危機的状況でほんまに余裕じゃね」

「だって危機的状況じゃない、チャンスだからね。会いたくて堪らない病（とも）を迎えに行こうか」

マイロンは立ち上がった。鉄格子に向かって行く。

そんなマイロンをミスト爺が不安そうに目で追った。

「どうやって留置場から出るんよ。鉄格子には電流が走っちょるし、鍵もかかっとる。ゾンビめいた奴らもおる。感染病が蔓延（まんえん）しちょるかもしれん。こんな危ない状況なのに、ほんまにここから出るんかいね」

「出るよ」

マイロンは鉄格子を前にして立ち止まるとミスト爺に振り向く。

「そんな顔をしないでよ。小型スタンガンは君に渡すからさ」

「お前はどうするんじゃ」

「僕なら多少死んでも問題ないよ。そこそこ頑丈だ」

マイロンの言葉にショックを受けたように、ミスト爺が短く息を吸い込んだ。

マイロンは鉄格子に手をかけた。身体に激しい電流が流れるのも構わず、そのまま鉄格子を大きく歪めて一人分が通れるほどの穴を作る。

ぱっと手を離して、再びミスト爺に顔を向けて笑顔で言った。

「ねえ、頑丈だと言っただろう？　さて、病（かれら）との対話に向かうよ」

◆

まずキャナルを見つけ出す必要がある。

彼女につけた発信器の位置を確認しながら、マイロンは留置場の廊下の床を見て回っていた。

患者を倒すのは、全部ミスト爺に任せてある。

周囲から呻き声や悲鳴が聞こえるが全て気にせずに先に進んでいく。

「おい、マイロン。さっきから何を探しちょるんか」

息を荒げながらミスト爺が尋ねてきた。ミスト爺はだいぶお疲れのようだ。さすがに老体を酷使しすぎたか。

「ちょっとね。……お、あった」

マイロンは患者たちに食われた死体の横に置いてあった携帯端末を拾い上げた。製造番号から監獄惑星支給のものだと確認して安堵する。

ほどなくしてマイロンたちはキャナルのいる留置場に辿り着いた。その間、何人か患者たちから襲撃を受けながらも生き延びている人たちもいたが、彼らはマイロンたちに助けを求めることなく自力で逃げる道を選んだらしい。マイロンたちを一瞥こそすれ、誰もマイロンたちのしていることを咎めるものもいなかった。

キャナルについては、彼女も鍵のついた部屋に閉じ込められていたがゆえに無事だったらしい。そもそも、ここの患者たちに鍵を開けるという知能が残っていることこそ疑わしいが。

そう思ってマイロンは留置場の鉄格子を壊さずに、扉から入ることにする。

すると、あっさり開いた。

鉄格子に触ると電流が走るのを見るに、中途半端にセキュリティロックが外れているようだ。

この留置場にキャナルしかいなかったのも頷ける。他のものたちは、鍵が開いたのをいいことに、みんな逃げ出してしまったのだ。

マイロンは留置場に入り、へたり込むように座っているキャナルに話しかける。

「キャナル、大丈夫かい？」

「ドクターマイロン？」

力なく顔を持ち上げてマイロンを見上げてくる。

「ああ、興奮剤を摂取していないから、ずいぶん元気がないね」

「興奮剤……？」

首を傾げる彼女にマイロンは手を大きく横に振った。

「こっちの話だよ。それより君にやってほしいことがあるんだけどいいかな？」

「私にできることなら……」

「君に質問するけど、今、この状態で特定の囚人の位置を割り出したいんだけど、できそう？」

彼女はマイロンが入ってきた扉を眺めると無表情に言った。

「どうやら異変が起こって囚人たちを管理できていない状態みたいね。囚人たちが入り乱れてセキュリティシステムもうまく稼働していないように見えるわ。この状態なら、この建物にある何かしらの端末さえあれば、アクセスして情報を収集できるかもしれないわね」

「これでいける？　そこらで拾ってきたんだけど」

彼女に携帯端末を渡すと、すぐにキャナルは端末の電源を入れて故障具合を確認しているようだ。素早い指の動作で操作していく。

見ている限り、すぐにシステムメニューまで辿り着いているようだ。

「パスワードを入力とか、遺伝子認証とか、そういうのは必要ないのかい？」

そうマイロンが尋ねるとキャナルは淡々と答えてくれる。

「監獄惑星のセキュリティシステムはクラウドを利用して一括で管理しているの。どうやら何かあって、クラウドそのものが落ちているようね。ここの鍵が開いているのも同じ理由でしょう。鉄格子の電流は独立して追加されたシステムじゃないかしら。……とにかく、この携帯端末のセキュリティも同様に勝手に解除されているわ。運用保守管理コスト削減のための一括管理があだになったのね……私たちにとっては運の良いことだけど」

「それで、この囚人がどこにいるか捜してほしいんだけど、できるかい？　名前はマルタ・キヨツグ。地球に住む日本人の男だ」

マイロンは写真を手渡す。ホログラムモニターを出せない以上、データの受け渡しが不可能なときはアナログしか使えなくなる。なかなか不便だが、その不便さが心地良い。

「……場内ネットワークはアクセス可能だから、やってみるわね。……刑務所にはいないわ。検索しても出てこない。あちこちの情報履歴を遡ってみるわね」

キャナルはそう言って携帯端末を操作していく。

すぐに辿れたのか彼女はマイロンのほうを見て答えを返した。

「どうやら宇宙航空センターに収監されているみたいね」

「どうして、そんな場所に？」

「少し待ってね、確認するわ」

しばらくして彼女は携帯端末の画面を見ながら言った。

「彼は地球人で既に裁判で実刑判決がくだったみたい。彼の身柄は地球に強制送還されることが決まって、コールドスリープされて宇宙航空センターに保管されているようよ」

「いつ地球に送還されるのかな？　……とはいっても、このザマだ。強制送還する余裕もなさそうだけど」

「その辺りは心配ないわ。既にこの囚人は強制送還システムに組み込まれている。宇宙航空センターのシステムは、別に管理されていてまだ生きているから、時間となったら自動的に、この囚人の入った地球行きのロケットが発射されるでしょうね」

「で、その時間とやらは？」

「明日ね」

彼女の言葉を聞いてマイロンは嘆息した。

「僕にとっては不運な話だな。せっかく、いつまでもこの星にいられる状態だったっていうのに、どこまでも時間に追われるんだね」

そうしてミスト爺を一瞥した。

「それに、また地球人に絡む話か。ミスト爺の胃が痛むのではないかい？」

ミスト爺はというと複雑な表情をしている。

マイロンはキャナルに向き直ると苦笑しながら言った。

「キャナル。キサラギがどこにいるのか、その端末で確認してほしいんだけど、できるかな？」

◆

キサラギは留置場の独房に入れられる直前に暴徒たちの襲撃にあっていた。

拘束された状態で、壁が崩れて瓦礫（がれき）の残骸と化した部屋の隅に逃げ込む。

だが暴徒たちは理性を失い、助けを求めるキサラギの声は届かない。

キサラギは必死に瓦礫を盾にして、噛（か）みつこうとする暴徒から身を守っているが、この様子ではそれほど長くはもたない。

朦朧（もうろう）とする頭でキサラギは考える。

今まで患者の治療という名で好き放題した罰なのだろうか。

自分で考えることを放棄してマイロンに治療を任せた罪なのだろうか。

誰かのために誰かを犠牲にするなんて本当はあってはならないことだ。

マイロンの口車に乗せられたからといって、結局はキサラギの選択したことだ。

こうして今、苦痛を味わっているのも自業自得だ。

患者の治療のため、多くのものたちを悲しませたキサラギのせいだ。

だが、このような状況下でもキサラギは頭の隅にある願いに気付いてもいた。

ぎりぎりな状況でも一人でも多くの患者を治療したい。

目の前の暴徒も、何かしらの病気にかかっているのだろう。

自分の力の及ぶ限り、助けたい。

そう考えるのは傲慢なのだろうか。
だから生きたいと願うのは——

目の前の暴徒の身体がグラリと傾いだ。

マイロンが暴徒を背後から殴り倒し、スタンガンの一撃を食らわせて、キサラギを救い出すことに成功したのだ。

キサラギは息を大きく吸い込んだ。助かって嬉しいという気持ちと裏腹に、マイロンがこの状況を生み出したということを思い出し、複雑な感情に翻弄されて、無言で彼を睨みつけてしまう。

そんな彼女にマイロンは軽やかに挨拶した。

「やあ、良かった。君も無事そうで」

「よくありません。もう少しで死ぬところでした」

素直に礼を言えない。奥歯を噛みしめながらキサラギは言った。

そうしてキサラギは、マイロンの背後にいるミスト爺やキャナルを驚きの眼差しで見つめる。

「一体、どうやって彼らを集めたんですか……？　それにマイロン、その目は……」

「僕の目については気にしなくていいよ。それから君を助け出せたのはキャナルのおかげだよ。こんなこともあろうかと、システムに詳しい異星人をメンバーに加えて助かったね。彼女との出会いに心から感謝したいものだよ」

キサラギの表情が険悪なものに変わる。

「まさかそのためにキャナルさんをナイチンゲールのチームに取り込んだんですか？」

「人聞きの悪い。彼女の意志だよ」

マイロンはそう言いながらキサラギの拘束をといていく。

キサラギは身体を小刻みに震わせながら周りを見回した。

「一体何が起こっているんですか？　囚人たちが凶暴化しています。まるで映画でよく観（み）るゾンビのようです」

「ゾンビではないよ。何故なら、彼らは生きているからね。単純に正気を失い、人を食い散らかすような凶暴性を持ってしまったにすぎない」

「それだけでも大事（おおごと）です」

キサラギは責める気持ちを目線に込めて彼を見た。

「ゾンビのように噛まれて感染するわけではないよ、安心してほしい」

そうマイロンが優しく語りかけるように言ってきたが、キサラギの身体の震えは止まらない。

マイロンはやれやれといった様子で座り込んでいる彼女を無理に立ち上がらせる。

「まったく君たちときたら、固定観念で行動しようとするのだから。彼らも今までに接した病人と同じ患者だよ。少し凶暴というくらいなだけだ。キサラギはいつも患者のことを気にするくせに自分たちを害する存在となったら、そういう態度を取るのかい。もっと愛を持とうよ。病を愛する僕みたいにさ」

キサラギの双眸が強い意志に閃く。

「あなたのそれには、確かに負けたくありません」

そう言ってキサラギは震える足を踏ん張り、しっかり自分の足で立ち上がった。もう平気だろうと見なしたのか、マイロンは彼女から手を離す。

キサラギたちは患者たちの気配がない近場の一室に逃げ込んだ。

ここも、もう安全ではないのだろう。キサラギたちの足音を聞いて大勢の患者たちが集まってきている。獣のような呻き声がした。

扉の前に家具のような重しを置いて立てこもる。

「感染症か。儂らも、感染してしまったら、ああなるんかいのう」

ミスト爺が疲れた息を吐き出す。

マイロンは肩をすくめて返した。

「……さてね。何が感染源なのかわからない以上、この星にある、下手なものを口にしたり、触るのはやめたほうがいいだろうね」

「とはいっても空気感染なら、どれだけ気をつけても無理じゃろう」

「空気感染なら、もっと爆発的に増えてもいい気もするけどね。……現状を見るに、感染者にやられた被害者のほうが多いように思えるけど」

マイロンはキサラギに指示する。

「外を確認できるかい？」

幸いここには窓がある。キサラギは、重い動作で窓の向こうを確認した。

「ええ、あまり良い状況ではなさそうです」

「たくさん囚人たちが大暴れしているようだね。こりゃ、復興に時間がかかりそうだなあ」

「囚人たちが大暴れしている原因は何かしらのウイルス兵器でしょうか」

馬鹿げたことを言う、とキサラギに呆れ果てたのか、マイロンは腕を組んで彼女を見下ろした。

「……君には聞こえないのかい？　この病たちは作られたものでも、ウイルス兵器でもない。立派な病気だよ。どうか、間違えないで欲しい」

またマイロンはわけのわからないことを言っている。

突っ込むのも疲れてキサラギは適当に話を合わせた。

「そこまで言う限りは何かしらの確信があるのでしょうね」

「確信はないけれど、一つの仮説は立てているよ。問題は、感染源が特定できていないのと、治療に積極的な患者が確保できていないのと、十分な医療施設が存在しないことだ。ナイチンゲールはおそらく厳重に保管されているだろうし、僕たちに手が出せる状況とは思えない」

マイロンは部屋全体を見回した。ここにはろくな医療機器はないと見なしたようだ。

「キャナル。携帯端末で、ここから一番近い医療室を探せないかい？」

「確認するわ」

キャナルが携帯端末と睨めっこしている間にキサラギはマイロンに問いかけた。

「あなたは本当に、この病が何なのか、診断がつくと？」

扉と壁からもの凄い音がした。この向こう側には凶暴な患者たちがキサラギたちの捕食めあてに部屋に入り込もうとしているのだ。

「こんな絶望的な状況下で……」

キサラギは唇を震わせながら不安を吐露した。

「自分が死ぬかもしれない状況下で、それでも病の診断を行うと？」

マイロンは間髪を容れず断言する。

「当たり前だ」

腕を組んだまま、胸を反らした。

「どのような環境でも、そこに病がいるなら、僕は自分の仕事をするだけだ」

マイロンの言葉にキサラギは目を大きく見開いていく。

「会話をして、病(かれら)の本音を聞き出す」

キサラギの身体の震えが止まっていく。

「それが銀河を渡り歩く総合診療医としての、僕の仕事だ」

ああ、そうだ、とキサラギは頷いた。

マイロンの姿勢こそがキサラギの理想なのだ。

無駄な考えを挟まず治療に専念する、それこそがキサラギの目指したい領域だった。

マイロンは自然体で実行に移している。

「星境なき医師団に所属するナイチンゲールとしての存在意義だ」

はっきりマイロンに言い切られて、キサラギは歓喜と困惑の感情に翻弄されながらも言った。

「……そんなに偉そうに言ったって、私たち、命の危機なんですけど。彼らは人を噛(か)み殺(ころ)すくらいに正気を失っています。そして今、私たちにはその対抗策もろくに取れません。患者を看(み)るより先に、まず身の安全を確保するべきでは？」

「そうだね」

「ミストさんも言っていますが、これが感染症なら、私たちも危険です。私たちが感染したら治療どころじゃなくなります。だから対策を……」

「対策を立てるって、どうやって？　だから何でも感染症にするんじゃないよ」

「違うのですか？」

「うーん、感染症の可能性は高いね」

「おい」と言いながらキサラギがマイロンを見つめる。

「……僕が言いたいのは安易に病（かれら）の心を決めつけるんじゃないということだ。病（かれら）に失礼だろう。ほら、もっとよく診（み）るんだ」

マイロンは窓から留置場の外をうろつく患者たちの姿を見るようにキサラギに指示する。外灯がついているため、彼らの姿も見えていた。

「何か気付かないか？　彼らの眼（め）を見たまえ」

「黒目の一部が白い？」

キサラギの言葉にマイロンは大きく頷いた。

「真っ白になっているものもいるね」

「動きも鈍いですね。まるで、そう……」

彼女が気付いたことをマイロンは代弁してくれたようだ。

「眼が見えていないんだろうね。思えば僕の入っていた部屋でも鉄格子にも気付かず、何度もぶつかっていた」

「でもこんなに急に突然……。大勢、発症したということは、何かしらのタイミングがあったということですかね」

「君が言っているのは、もし感染症であった場合の感染経路の話かい？　それも大事だけど、まずは病の声を聞いてみよう。例えば黒目の一部が白くなるような病気なら、何が考えられる？」

ガンと扉から叩くような音が聞こえたがキサラギは無視する。

キサラギは少し考え込みながら顎に指を添えたあと、ぎこちないながらも唇を開けた。

「……角膜腫瘍ですか？」

「ああ、だから視力が落ちている。失明しているものもいるようだね。……患者の動きがおかしいのは、これでわかった」

キサラギが正解を口にしたことに気分を良くしたのか鼻歌交じりにマイロンは続けた。

「凶暴になり視力が落ちる症状で感染する病気……こう並べるとわかりやすくなったね。さて、どんな病気があるかな？」

「真菌性か細菌性の角膜腫瘍ですかね」

さらりとキサラギは答える。

正解だといわんばかりに、その場でくるりと身体を回すとマイロンは言葉を続ける。

「真菌性と細菌性の角膜腫瘍は症状が似ているんだ。だから、どちらなのかを見極めないといけないね」

「そうですね、その判定は大事です。治療方法がまったく異なりますから。細菌性ならステロイドの投与に効果がありますが、真菌性の場合は逆にステロイドを餌にしてしまうので増えてしまいます」

キサラギは唇を噛みしめながら暗い声で言った。

「ただ、真菌性や細菌性の角膜腫瘍にせよ、これほど人間を凶暴化させるようなものは思い当たりません」

「……目に何かがいることは間違いないと思うよ。だがキサラギの観点も重要だ。それだけじゃ人の脳に影響は与えない。ただ宇宙には色んなものが存在するからね。そういう未知の真菌や細菌の可能性も考えられなくもないけれど……」

考え込む様子を見せるマイロンにキサラギは興奮して話しかけてくる。

「それに、どうやって身体に侵入したのでしょうか？　感染源から考えるのも手かもしれませんね」

「そんな時間はないけど、頭には入れておこう。間違えちゃいけないよ。今、僕たちにとって大事なのは、この病の本当の気持ちを明確にすることだ」

そこまで話してマイロンは携帯端末の画面を凝視しているキャナルに声をかけた。

「キャナル、医療室の確保はできたかい？」

「幾つかの簡易検査が可能な部屋なら見つけました。ここからすぐ近くですので、向かいやすいかと」

「ありがとう。それからミスト爺、君に頼みたいことがあるんだけど……」

そう言いながらマイロンはミスト爺に顔を向ける。

「このタイミングで言われると嫌な予感しかせんいね」

ミスト爺はしかめ面で返答した。

◆

キャナルに案内されてキサラギたちは部屋を移動した。

ミスト爺は拘束した小柄な女性の患者を抱えている。肌が緑色の異星人だ。彼女もまだ刑務所に入っていないだけで囚人なのだろう。留置場に入ったときに手渡された服を着用している。その患者は電流を多く食らったばかりでぐったりした様子だ。

キサラギは部屋を見渡しながらため息混じりに言った。

「ここにきちんとした検査機器はありませんよ。ナイチンゲールだって取り上げられていますし、どうするつもりですか？」

「顕微鏡はあるよ。超音波の機器もね。眼用じゃないけど」

そう言いながらマイロンは早速、ミスト爺が捕まえてきた患者を床に転がした。呻き声を洩らした患者に、目覚めて下手に暴れられても困るのだろう、更に身動き取れないようミスト爺の協力のもと、しっかりと拘束する。

検査機器はどれも一昔前の世代のものだ。おそらくここは倉庫のような部屋なのだろう。機器は廃棄するにも金がかかる。ある程度、予算が取れるまでは埃を被らせて保管しておく。よくある話だ。

マイロンは超音波検査機器の電源を入れて無事に動くか確かめている。どうやら電気は通っており、機器にも目立った故障は見受けられないようだ。それだけでも安心した。

「それを眼軸長測定装置の代わりにする気ですか？　理論上は可能ですが」

キサラギの問いかけにマイロンは超音波検査機器の具合を確認しながら答える。

「ああ、眼軸長測定装置代わりにするよ。気になることがあるからね。超音波検査も当然行うけど……それよりもなお一番大事なのは、直接、僕たちの眼で見ることだからね。何が気になるかというと……もし、角膜腫瘍だとしても失明に至るまでの時間が早すぎるんだよね」

「それは確かに疑問です」

キサラギは頷いて顕微鏡のほうへ向かう。顕微鏡が問題なく使えるかどうか確認した。

「まあ、まず眼から採取した細胞を顕微鏡で見てみよう」

そうマイロンが言うと、ミスト爺が捕まえた患者にしっかり口輪をした上で眼球の細胞を採取し始めた。

◆

患者の眼球を超音波で検査し終えて、マイロンは細胞を顕微鏡で覗き込んだ。

細胞の状態を確認して「なるほど」と彼は息を吐き出した。

キサラギが顕微鏡を指差して「私も見てもいいですか」と言ってきたので、マイロンは椅子から立ち上がり席を譲る。

顕微鏡を覗き込んだキサラギは驚きの声を上げた。

「アメーバですね。動き回っています」

「そうだね」

マイロンは超音波検査機器のモニターをキサラギたちに向けた。

「……そして超音波検査の結果、失明の原因がわかったよ。角膜腫瘍ではなく網膜剥離(もうまくはくり)だ。異常に眼球が肥大している。眼球の重さに耐えきれなくて網膜剥離が起こり、失明の症状が起こったんだ」

「眼球肥大？　どうして？　失明の原因は網膜剥離？　何故、そんなことが？　それにどうしてそれが凶暴化に繋(つな)がるんです？」

キサラギの疑問は当然だとでもいうように、マイロンはすぐに答えを口にした。

「網膜剥離を引き起こすアメーバなら僕は心当たりがあるんだ。いいや正確にいうと、細胞肥大を引き起こす活動性のアメーバなら、と言い直したほうがいいかな。この角膜に巣くった活動性のアメーバは寄生した相手の眼球や、視神経を通じて脳を食べる。だが、食べたら細胞がなくなるため、元の寄生体の細胞を増やして肥大させる特徴を持つんだ。おそらく今回のケースに当てはめると、脳が肥大してしまい頭蓋骨に圧迫されて脳炎が生じて、正気を失わせてしまったのだろうね」

「そこまで詳しく……このアメーバの正体を知っていたのですか？　だから、あなたは、あんなにも早く仮説を立てることができたんですね？」

察しのいいキサラギは嫌いじゃないとでもいうように、マイロンは得意げに笑った。

キサラギは胸に手を置いて青い顔をして黙り込む。しばらくして途切れ途切れに言葉を口に出した。

「それじゃ……ドクターマイロンの見立て通り、私たちがこの星に来たのは無駄ではなかったと？」

「そうそう。君には大変苦労をかけてしまったけれども、僕があのとき聞いた病の救いを求める声は真実だったのさ。君を連れてきて正解だったんだよ、感謝するね」

マイロンの感謝を受けてキサラギは口元を歪めて何とも言えない顔をしてしまった。

マイロンはそんなキサラギに構わず話を続けた。

「地球に搬送される予定の囚人……おそらく彼がキャリアだろうね」

そこまでわかっているのか。そう思い、マイロンを見ると彼は根拠を補足してくれた。

「彼は脱獄犯だった。逃亡中にどこかの星でバルト３にあるビブロア沼のような危険な微生物のいるエリアに入ってしまったんだろう。そこで特殊なアメーバに感染したんだ」

「キャリア？　待って下さい、それでは……！」

事の大きさに気付いてしまった。

焦燥感を露わにしたキサラギに、マイロンは静かにするよう、彼女の唇に指先をつきつける。そうして薄く笑みを浮かべながら彼は言った。

「ああ、感染した彼がこの惑星に来たから、こうして大勢の人間が同様に特殊アメーバに感染してしまった。こんな状況を引き起こしたのは全て、彼が原因だ」

マイロンは部屋をぐるぐると歩き回りながら会話を続ける。

「感染源はおそらく水を媒介にしたのだろうね。風呂や顔を洗うなどして水に活動性のアメーバが移った。少し過ごしただけだが、留置場さえ衛生環境は悪い。そうしてタンク内の水にカレントアメーバが増殖してしまったのだろうね」

マイロンの説明を聞いてミスト爺が壁に背をもたせかけてハァと息を吐き出す。あまり良い感情を込めていない音だ。

キサラギもミスト爺の反応もわからなくもない。あまり聞いていて気持ちのいい話ではないからだ。

「だが、問題はそれだけではない。今度は、彼が地球に運ばれようとしている」

「地球が似たような目にあうということですか？」

マイロンの言葉にキサラギが目を大きく見開いて言った。

「このまま、彼の搬送を阻止できなければ、そうなるだろうね。なればこそ、僕たちは彼の身柄を確保し、治療手順の確立に急ぐ必要があるんだ」

そこまで話し終えたとき、今まで沈黙を保っていたミスト爺が冷たい声音で口を出してきた。

「なあ、ドクターマイロン、お前がそんなものに命を賭ける必要はあるんかいのう」

「そんなもの……？」

突然のミスト爺の豹変（ひょうへん）ぶりにキサラギは驚く。

だが彼はキサラギを無視してマイロンを真っ直（まっす）ぐ見つめると言葉を続けた。

「お前が生きていれば、他にもたくさん救える患者がおる。今回は諦めて脱出に集中せんかのう？」

「いきなり何を言い出すんだい？　ミスト爺」

マイロンの問いかけにミスト爺は深く嘆息した。

「水が媒体となっておるんなら、どこまで感染範囲が広がっとるかわからん。セキュリティシステムが沈んどるなら、宇宙航空センターに向かうだけでも大変な道のりじゃろうが。その間に、患者はようけ儂らに襲いかかるじゃろう。そんな無理してまで地球を助ける意味はない。地球のためにそこまでしてやる義理があるんかいのう?」

キャナルが携帯端末の画面から顔を上げた。こくりと頷く。彼女はマイロンのファンだから興奮剤の切れた状態でも彼を優先的に考えてくれるのだろう。だからこそミスト爺の言葉には賛同しているのだ。

「それだけじゃない。お前たちだって見たじゃろうが。地球の人間たちは戦争の被害を受けた星を食い物にしちょる。そのせいで数多(あまた)の星が被害にあった」

ミスト爺が言っているのはユーカリ植林の寄生菌による植物硬化病や地球製テザー衛星で起こった水の汚染、地球人との共同研究から発生した感圧塗料による鬱病もどきのことだろう。

地球人が表面的に軽々しく技術を提供したせいで多くの惑星が被害にあってしまった。地球側としては、そのリスク込みで自分たちにも利益が出るように他の惑星を実験材料としただけに過ぎない。また地球側の技術を提供して貰った側も馬鹿ではないから、無償もしくは技術提供される以上は何らかの危険性があることも承知済みだろう。

色んな利害関係が絡んだ上で成り立っている綱渡りの取引、だがそれをうまくこなすのが地球の外交能力だった。

先日、ミスト爺がキサラギに話してくれた通りだ。

「今回、儂らが見たのはほんの一部じゃ。儂は地球の汚さをようく知っちょる」

ミスト爺は地球人である上に、地球について何かしら憎しみに似た感情を抱いている。地球を救うなんて話、どうでもいいのだろう。それより彼はマイロンを守るほうを優先したいのだ。

「そんな地球に救う価値はあるんかのう」

キサラギはそんなミスト爺の気持ちがわかるからこそ、彼の言葉をないがしろにはできない。

「……へえ」

マイロンはそれだけ言って、ミスト爺の意見に賛同したキャナルに声をかけた。

「キャナル。君はどう思う？　やはりミスト爺の言う通りかい？」

彼女は目を瞬かせるとゆっくりと首を傾げた。そのまま携帯端末の画面へと顔を向けてしまう。

「駄目だな、興奮剤切れで、すっかり感情を失ってしまっているじゃないか」

マイロンは同じ地球人であるキサラギに目をやった。

「じゃあキサラギの意見を聞きたいかな？」

「私は……」

身体から力が抜けてしまう感覚だ。

ミスト爺の気持ちは理解できる。だがあんな病気の患者を増やすわけにはいかない。

その気持ちをそのままキサラギは口にする。

「患者を見捨てるわけにはいきません。ですが、あなたを死なせるわけにもいきません」

弱々しい声にキサラギは自分でも驚いてしまう。

マイロンは冷え切った目で見つめてくる。どうやら彼の望んでいた答えではなかったらしい。マイロンは侮蔑しきったような声を出して言ってきた。

「煮え切らないね。その理由を教えてあげようか？」

戸惑うキサラギにマイロンは囁くように言う。

「君、僕の患者だっただろう？」

「……あ……」

キサラギは小さく声を震わせた。

何故、ばれてしまったのかと思う反面、彼は自分の治療した患者なら、いつかは思い出すはずだとも理解していた。あのときと今では自分の姿はまったく異なるものではあったけれど、マイロンならきっかけさえあれば思い出すという確信を持っていた。

「その両手両足、どこかで見覚えがあると思ったんだ。そうだった、僕が処置したやつだよね」

マイロンの言葉にキサラギはゆっくりと首を上下に振った。

「アルビノの地球人。珍しいという理由で神の供物とされ、両手両足を切り取られた可哀相な少女……たまたま通りかかった地球で放置されていて死体同然の姿になっていたよね。僕が助けなければ間違いなく死んでいた。僕の治療で異星人の手足を移植された子だ。見た目も地球人そっくりなように仕立ててあげたよね。その調子じゃ拒絶反応も出ていないようで何より……元の自分の手足同然だろう？」

マイロンは苦い笑みを浮かべながら彼女へと歩み寄り、その顎を掴んで上向かせた。

「だから君が僕を特別視している理由はわかる。同時に地球に恨みを抱いているのもね」

キサラギはマイロンの手を振り払い、距離を取った。鋭い視線を閃かせた彼女にマイロンは問いかける。

「自分を酷い目にあわせた彼らに復讐したいとでも思っているのでは？」

「違います」

そうではないはずだ。すんなり出てきた言葉だがキサラギにも自信が持てなかった。

そんな不安は、あっという間にマイロンに見透かされてしまったようで、彼は嘲るように口元を歪めて言ってくる。

「……ああ、ごめん、無意識下で、そう思っているんだよね」

キサラギは答えられなかった。顔を大きくしかめてマイロンを睨みつけることしかできない。

「だからこそ煮え切らない返事なんだろう？」

マイロンの問いにキサラギは答えず別の言葉を口にした。

「……あなたが地球人の心をさもわかったように話すなんて驚きです。私たち人間のことなんてどうでもいいと思っているのだと。病のことしか興味ないのでは？」

「わかりやすく話を逸らしたね。そんなに自分の話をされるのが嫌いかい？」

キサラギは自己嫌悪で顔を歪めた。自分の癖はわかりやすい。自分の気にくわない展開になると、すぐに話題を逸らしてしまうのだ。

「今、ここで僕が求めている意見は、君は地球人を救うことに賛成か反対かってことさ」

乾いた笑みを浮かべてマイロンは言葉を続ける。

「あ、僕を言い訳にしないでね。通り一遍な話もよしてね。あくまでも君の意見が聞きたいんだよ、僕はね」

自分の意見なんてどこにもない。

キサラギは外側の刺激によって自分を変えているだけだ。

ただ自分の中に地球に対して嫌な感情があるのは自覚している。

その正体を認めたくないだけで、本当は、それが何なのかもわかっていた。

それでも、どう答えていいか言葉が出てこずにキサラギはしばらく沈黙していた。唇を嚙みしめて固く目を閉じて唸(うな)るような息を吐き出してしまう。

やがて目を開けると、ぎこちないながらもキサラギは己の弱い心を口にした。

「……もしも私の手足が元の自分のものに戻って、私の手足を切った相手が、そのことについて謝罪してくれるのだとしたら、私は地球を助けるために行動します」

「もっとわかりやすく！」

「悪い人たちを助ける気にはなれません！　地球に住む人たち全員に罪はないとしても……そこまで綺麗(きれい)に割り切れません！」

自分を酷い目にあわせた人たちに優しくしたくない。

昔のことだといっても忘れられない。

それこそがキサラギの本当の気持ちだった。

あまりに子どもじみた自分勝手な想(おも)いだからこそ封じ込めていただけだった。

目元を赤くして告げるキサラギにマイロンは首を素早く横に振る。

「なんてどうでもいい意見なんだ。びっくりした！」

マイロンの呆れかえった声にキサラギは愕然とした眼差しを送ってきた。

「人に意見を求めておいてそれですか？」

「いや、ここまで君を責め立てて、出てきた言葉がそれとはね。もっと僕の想像を超えたものが出てくると思っていたんだけど。……残念だ！」

　ぽかんと間抜け面をしているキサラギ、そして顔をしかめているミスト爺を次々と指差しながら言う。

「本当に君たちは何を言っているんだ？」

　マイロンは両腕を大きく広げてくるくるとその場を回る。

「僕の命？　地球が憎い？　地球は悪だから自業自得？　だから、だから何だ！」

　彼は顔を両手で覆いながらその場に蹲る。

「目の前に悲鳴を上げている病たちがいるんだ」

　嘆きの声を出しながらゆっくり立ち上がり、拳を天井に掲げた。

「何故、病を目の前にして、そんなことが言えるんだ？」

「儂の話を聞いとったんかいね」

「あの、私の言葉、きちんと届いています？」

　ミスト爺とキサラギの突っ込みをマイロンは一蹴した。

「聞いているし届いているよ！　君が病を疎かにしている気持ちはたっぷりとね！　本当に酷い奴らだ！」

　マイロンは泣きそうな顔をしながら彼らに訴えかける。

「何故、君たちはそんなに冷たいんだ。地球人はそんな冷酷な人種なのか？　もっと思いやりがあると思っていたけれど！」

　彼は足踏みしながら、どれだけ病（かれら）の存在が大事かを主張しているようだ。

「いいかい、よく考えてもみたまえ。彼らは生命体であり、今、病（かれら）を宿している身だ。病（かれら）は困っている。早く自分たちをどうにかしてほしいと！　もっと病（かれら）に親身になるんだ。どうしてそんな簡単なことができないんだ！」

　キサラギは手を僅かに挙げながら遠慮がちに言う。

「……あの、あえて意見を言わせてもらいますと、あなたはさっきから同じことをくり返し言っているようにしか聞こえません。それこそ表面上の言葉のように思えます。私たちの話を聞いて冷たいと言っていましたが……むしろ冷たいのは私たちの話をまともに聞こうとしないドクターマイロンのほうでは？」

　キサラギの言うことも一理ある、という顔をしたマイロンはしばらく考えてポンと手を打った。早口でまくしたてる。

「そうだな、じゃあ僕の身の上話をしよう。僕はね、ある辺境惑星の医者だった。あるとき、その星に感染症が流行（はや）ったから、僕は一生懸命治療したよ。患者を治せば治すほど、何故か僕は周りから凄い医者だと言われるようになった」

　唐突なマイロンの自分語りにミスト爺もキサラギも目を点にしてしまったが彼は気にする様子もなく続けた。

「けどね、ある日、その感染症が意図的に作り出されたものだとわかった。何故か僕のせいだと言われた。その病気のおかげで僕の名声が高まったからね。治療方法がわかっていたのも、僕自身がその病気の作成に関わっていたからだと！」

キサラギが表情を曇らせた。どうしてだかマイロンは嬉しそうに彼女を見て、更に早口で喋った。

「そうして戦争が起きて、星はめちゃくちゃになって、最後は巨大な隕石を落とされてコワされてしまった。僕の身体もバラバラになって、そこで僕は死んだ。……いや、死ぬはずだった。だけど通りすがりの闇医者が僕の破片を使い、数多の異星人の身体を繋ぎ合わせて、再び僕の生命を蘇らせたのさ」

キサラギがビクリと肩を大きく震わせた。

マイロンは力強く彼女を指差して宣言する。

「ああ、そうさ、キサラギ。君を酷くして、もっとたくさんのパーツを入れ替えたのが僕という存在だよ」

「……だから、何が言いたいんです？」

慎重に言葉を選ぶ彼女にマイロンは胸を張って自信満々に言った。

「蘇ったあと、僕は病の声が聞こえるようになったんだ。そこで僕は自分の使命に気付いたんだ。病の声に応えることこそ、僕のすべきことだと！」

両腕を大きく広げたあとで、空を担ぐかのように自分の身体を抱きしめた。

「こうして病の声を聞ける僕が生きているから、今までたくさんの患者を治せたんだ」

眼に力を込めるようにマイロンはキサラギとミスト爺を見つめる。

「生きていれば何とかなるんだよ。だから僕たちは病の声を聞き、患者を生かしていく。そこに良いも悪いもないんだ」

拳を強く握りしめて声高々と主張する。

「ああ、本当に幸せだ」

感嘆の息を吐き出し、

「今、こうして病の声に耳を傾けることができて……」

興奮しきった気持ちを舌に乗せて、

「心の底から病に愛しているといえるなんて……」

たっぷり詰めこんだ愛情を言葉にするかのように。

これだけのことが本当に幸せでならないとでもいうように、マイロンは言い切った。

キサラギはそんなマイロンを見て思い知っていた。

本当にマイロンは自分勝手なのだ。

このような状況ですら自分のことしか考えていない。

自分にしか通じない言葉を平気で口にしている。

相手のことなんて、これっぽちも考えていない。

自分のしたいことをしたいようにしているだけだ。

本当に最低な男だ。

キサラギは頭を抱えてしまった。

「まだ、僕の言葉がわからないかい？　仕方ない、くだいて話してあげるよ」

マイロンは呼吸を整えたあと、ゆっくりと喋った。

「病の願いを聞き届けたい。結果的に患者の命が救えれば、それでいい。僕が何度も言っていることだ。ほら？　わかりやすいだろう？」

ああ、わかりやすいとキサラギは頷く。

キサラギには自主性がないからこそ、マイロンの、自分のことしか考えていない姿勢には強く惹かれるのだ。


——嬢ちゃん、もし儂が許すと言ったら、赦すことにしたんか？


かつてのミスト爺の言葉を思い出す。

彼の言う通りだ。彼が許すと言ったら赦したのだろう。

その場合は、さっきのマイロンの問いかけにも自信を持って「地球を救ってください」

と言えたはずだ。だが、そうはならなかった。

結局、キサラギは自分のされたことを赦すことはできなかった。

そんな風にキサラギはすぐに別の何かに影響されてしまう。

自分が救われたから、そのとき嬉しかったから、同じような気持ちを持ってもらいたくて看護師の道を選んだ。

目の前の患者が苦しんでいるから助けたいと思った。

患者が死ぬのが嫌だから、一人でも助けたくてドクターマイロンを利用した。

彼がどれだけ人を救っていくのかを見たくて、彼とともに歩く道を選んだ。

そんな風にキサラギには、自分というものがない。

外側からの刺激で自分の生き方を決めてきた。

地球についての憎しみだってマイロンの言葉通り、どうでもいいような、ちっぽけな感情の塊だ。

自主性のないキサラギよりマイロンのほうが正しい。いつだってそうだった。

だからキサラギはマイロンを尊敬していた。

それはまるで神様のように。

それなのに、どうしてキサラギは彼を神様だと感じていたのに、どこか憎しみに似た感情も抱いていたのか。

ようやくキサラギは理解した。

キサラギはマイロンのことが羨ましかったのだ。

マイロンはキサラギとは違う。彼には自分というものしか存在しない。

外側のことなんてどうでもいい。自分の好きなように生きている。

キサラギは彼のようになりたいのに、なれないのも苦痛で、それを自覚するのが嫌で淀んだ想いを抱えてしまっていたのだ。

複雑な想いの対象となっているマイロンはというと、手を大きく広げて歓喜の表情を浮かべている。

キサラギの気持ちなど、本気でどうでもいいのだろう。

誰かの想いなど自分の踏み台でしかないのだろう。

いいや、踏み台でも何でもない。自分の欲望、いいや、自分のおかしさを形作るものでしかないのだろう。

そこに深い考えなど何もない。

彼は「病の声が聞こえる」という考えに取り憑かれたまま、ただ思うがままに生きていきたいだけなのだ。

キサラギは指先を震わせながら戸惑いの息を吐き出す。

「……今、わかりました。ドクターマイロンは何も考えていないんですね」

「ある意味外れで、ある意味あっちょる」

乾ききった感情でミスト爺は喋った。

「ただ奴が動くことで病気が治ることは確かじゃ」

そこには先程まであった冷酷な感情はない。ただただ呆れた目線でマイロンを見つめている。

「じゃけえ、儂らも難しいことは考えずに奴をノせるだけノせて、うまくコントロールすればいいんじゃろうな」

「ええ、難しいことを考えると、こちらがおかしくなるのはわかりました。……本当にわかりました。心の底から意味がわかりません」

キサラギの声を受けてキャナルがぽつりと呟いた。

「……なるほど」

「キャナルさん？」

携帯端末の画面から顔を離したキャナルは薄く笑みを浮かべる。

「ドクターマイロンの話を聞いたら、少し元気が出たわ。よくわからないけど、とても楽しそう。仕事をしながらあんなにはしゃげるなんて……やはり彼は天才なのね。私は彼のファンで幸せだわ」

その言葉にキサラギは、はっとした。

誰かを動かせる存在は、あるだけできっと正しいのだ。

「……わかりました」

「何が？」

マイロンの問いかけに揺るぎない声でキサラギは言った。

「ドクターマイロンの気持ちです。治療方法を考えましょう。私は何をすればいいんですか？」

その言葉に飛び跳ねるようにして喜んだマイロンはキサラギの手を取り、嬉しそうに足取りも軽く声を弾ませた。

「僕に協力する気になったのかい？　ああ、ようやく病の気持ちをわかってくれたんだね、嬉しいよ！」

「……嬢ちゃん、突っ込むなよ」

ミスト爺の言葉にキサラギは苦笑した。

「わかっています」

◆

そうしてキサラギたちは、この病気を如何に治していくかの話し合いをすることにした。

キサラギは顕微鏡を再び覗き込んで、顔を離したあと言った。

「話を続けますね。顕微鏡で見た結果、アメーバによる角膜腫瘍でした」

「活動性の特殊アメーバが病原だとしたら、治療にステロイドは使えない。餌にされて逆に増えてしまうからね。真菌系とみなして抗真菌剤を使ってもいいけれど……根本治療にはならないだろうね」

「では、どうすれば？　それに患者にはもう二つ、直すべき病があります」

キサラギの言葉にマイロンは頷いて話す。

「網膜剥離に脳炎……だけど、そのいずれも大元は活動性の特殊アメーバだ」

マイロンは横たわった女性患者を見た。彼女はまだ意識を失っている。

「このアメーバの病巣は角膜だ。アメーバの治療は取り除くしかない。このアメーバにはステロイドが効きにくいからね」

彼は仄かな笑みを浮かべて言った。

「だが網膜剥離の治療を行うことで特殊アメーバも治るだろうね」

「網膜剥離の治療は、異星人の共通治療として幾つか推奨されているものがあります」

キサラギの言葉にマイロンは頷いた。

キサラギは網膜剥離の治療方法を思い浮かべる。

どれだけ医療が進歩しても根本的なやり方は変わらない。

剥離した穴が小さければ、レーザーで剥離した周囲を焼いて、これ以上、剥がれないようにして終わりだ。

他の網膜剥離の治療は目の中にメスを入れて病巣を取り除き、機械を使って硝子体を全部吸い取る。その後、メスで網膜の剥がれた部分を押さえつけて、取り除いた硝子体の代わりに空気やガスを入れる。そのまま患者には、剥がれた網膜がくっつくまで、ずっと下を向いていてもらう。

ちなみに空気やガスは二、三日で吸収されてなくなってしまうが、目の自己治癒能力で自然に網膜はくっつくという流れだ。

もう一つ網膜剥離の治療に思い当たるものがあるが、こちらは今回には適さないだろう。そこまでキサラギが考えたところでマイロンの視線を感じて彼に顔を向ける。彼も同じ意見だったようだ。キサラギは意見を口に出す。

「網膜剥離のバンド治療は……駄目ですね。角膜に病巣がありますから」

バックル法と呼ばれる治療方法は、眼球の外側から剥がれた角膜の形に合わせるようにして凹ませて人工バンドを眼球に巻く方法だ。

「そう、今回はメスを用いて網膜剥離の硝子体を吸い取ることでアメーバも取り除くほうがいいだろうね」

マイロンの答えにキサラギは浮かない顔で言葉を続けた。

「脳炎はどうしますか？」

網膜剥離より、そっちの治療のほうが難しい。

「病巣は取り除くから、あとは免疫を上げる薬を用いて、自己免疫力でアメーバを退治して炎症も治してもらうしかないね。食われた箇所と増殖量によるだろうけど……」

キサラギは、どこまで特殊アメーバの被害に遭っているか、また自己免疫力がどれだけ高いかで患者の生存率が変わることを懸念していた。

「ただ病巣が眼球だったから良かった。目は生命体の身体の部位でも比較的優秀だ。どの生命体においても治癒能力が一際高い部位だからね」

そうマイロンが言うとキサラギは少しだけ口元をほころばせて頷いた。

削り取った角膜の上に人工角膜を乗せれば視力回復も見込める。

「これで正気を失った患者、全員を救えますかね」

ほっとしたキサラギにマイロンは素早く首を横に振った。

「残念ながら人間を口にしているものは既に死んでいるだろうね。……ロイコクロリディウムを知っているだろう？　カタツムリに寄生して意のままに脳を操る寄生虫さ。今回は、こいつを酷くしたものだと考えればいい。寄生体が死んでも構わず操り続けるのさ。何とも酷い話だね」

その話を聞いてキサラギは深く俯(うつむ)いた。

マイロンはそんなキサラギを気にすることなく話を続ける。

「患者の鎮圧や医療エリアの確保など、様々な課題はあるけれど……最優先すべきはキャリアの確保だね」

「それだけではありません。汚染された水の浄化も行う必要があります」

キサラギの意見をマイロンはすっぱりと切り捨てた。

「浄化はしなくていいよ。全て捨ててしまおう。申し訳ないけど、監獄惑星の浄水場ごと全部破壊してしまおう。どうせ、これほどまでに患者が増えてしまえば、ろくにこの惑星は機能できないだろうから。復旧活動は後の人たちに任せるとしよう」

そこまで言うと、キサラギたちの話を聞いていたキャナルが口を出した。

「医療エリアは私がシステムをハッキングして管理してみるわ。患者の暴動鎮圧とキャリアについては……」

「ナイチンゲールじゃ。ナイチンゲールさえ儂の手に戻れば患者たちもどうにかなるいね。暴動鎮圧もお手のものじゃ。儂はナイチンゲールのところに行くいね」

ミスト爺がキャナルの意見をフォローする。

キサラギはマイロンを見据えて言った。

「キャリアは私がドクターマイロンを連れて確保しにいきます。そして、その場で手術します。手術さえしてしまえば、地球に送ったとしても問題はありません」

「……おいおい、手術のために僕を連れて行くつもりかい」

口角を釣り上げたマイロンをキサラギは不敵な笑みを浮かべて言い返した。

「ドクターマイロン、あなたは外科医でないから手術できないと。この状況で言いますか？ 病(とも)の声はナイチンゲールの手を借りなければ聞くことはできませんか？」

「まさか、手術もできる男だよ、僕は。ここ最近はリトルグレイに任せていただけだ」

「なら一緒に行きましょう。私も支援します」

躊躇(ちゅうちょ)は一瞬、すぐに満面の笑みを浮かべたキサラギは言った。

「ナイチンゲールの保管場所を見つけたわ。……私はここでシステムの遠隔操作で皆さんをサポートするわね。……はあ、ジャミングさえなければナイチンゲールで地球に通信するという手段もとれるのに残念だわ」

そう告げたキャナルにキサラギが問いかける。

「一人でも平気ですか」

「それは……」

戸惑ったキャナルにマイロンは赤いエナジードリンクを差し出す。

道中、落ちていたものを拾ったのだろうか。

「キャナル、これを飲むといい。元気になるドリンクだ」

マイロンからエナジードリンクを受け取ったキャナルは鼻から息を吐き出して嬉しそう

に顔をほころばせた。

「ありがとう。あなたからプレゼントしてもらえるものなら何だって嬉しいし、どんなものでも必ず元気になるわ」

「期待しているよ。頑張ってくれ」

マイロンは彼女の肩をぽんと叩いて部屋の出口へ向かう。

「興奮剤ですよね、あれ。あの手の薬は断っていたあとに過剰摂取を行うと身体に異常をきたす可能性が……」

キサラギの言葉にマイロンは苦笑しながら答えた。

「あれはただの栄養剤だ。あの種の異星人でもプラシーボ効果が効くかどうか実験したくてね」

キサラギはむっとしながら言い返す。

「ドクターマイロン、最低です」

「結果的に彼女のやる気が出るなら問題ないだろう、さて……」

マイロンはドアノブに手をかける。

キサラギは唾を飲み込んで覚悟を決めた。

この先には厄介な患者たちが数多くいる。

だがキサラギたちはそんな障害に負けるわけにはいかないのだ。

「助けを求める病(かれら)の声を直接、聞きに行こうか」

マイロンの一言にキサラギは黙って首肯した。

◆

だがキサラギたちはすぐに患者たちに追い込まれてしまった。

宇宙航空センターに入ったところまでは順調だったが、中には大勢の患者たちが残っていたのだ。また非感染者たちも当然いて、幾つかの道が例外的に封鎖されており、あらかじめキャナルから教わっていた施設構内地図通りに進むことができなかったのだ。

宇宙航空センター内にも医療エリアはある。搬送ロケットルームにまで辿り着いてキャリアさえ確保できれば、事は片付くのだが。

途中で患者たちに見つかり、一室に閉じ込められてしまった。

留置場とは患者の数も違う。薄い扉一枚など簡単に破られてしまうだろう。

激しい扉を叩く音にキサラギの身体は汗びっしょりだ。

「早速、危機的状況なのは困ったものだ」

「キャリアのいる部屋はあと少しなのに……！」

悔しそうに爪を噛むキサラギにマイロンはどうしたものかと頭を悩ませているようだ。

壁の一部が崩れ落ちて瓦礫がなだれ込んだ。

何だと目を丸くしているとキサラギたちの前に降り立つ存在がある。

ナイチンゲールだ。

「ミストさん！」

目を輝かせたキサラギの前にホログラムモニターが浮かび上がり、満面の笑みを浮かべるミスト爺の顔が映りこんだ。

「ここは儂に任せんちゃい。お前たちは先に行くんよ」

「わかりました。行きましょう、ドクターマイロン！」

「はいはい」

元気を取り戻すキサラギにマイロンは疲れたような声を出しながらも合わせてくれる。

ナイチンゲールが起動しているのならばメンバー間での遠隔通信も可能だろう。そう判断したのかマイロンはリトルグレイに呼びかけた。

「リトルグレイ、聞こえるかい？　キャナルと通信を繋げてくれ」

キュイと声が聞こえて、すぐにホログラムモニターが表示され、キャナルの姿が映し出される。

「キャナル、医療エリアは確保したかい？」

「ええ、問題ないわ。キャリアのいる部屋から医療エリアまでのルートも確保済みよ。だから彼の身体を解凍して、すぐに医療エリアに運んでちょうだい」

キャナルは満面の笑みで答えた。

キサラギはそんな彼女を見て驚いた。ばっちりエナジードリンクの効果が出ているようだ。思い込みはすごい。

「よし、ナイチンゲールには患者の暴動をそのまま止めてもらおう」

マイロンの言葉にキサラギは安堵して大きく頷いた。

◆

無事にキャリアを確保したキサラギたちは、早速、彼を解凍して担いだまま医療エリアに辿り着いた。

彼を手術台に寝かせた状態でキサラギたちは手術の準備をする。

手術に必要なものを手当たり次第に用意していくキサラギの横で、マイロンは手に巻いた包帯を取った。手術用の薄手袋をはめるのに邪魔だからなのだろうか。色とりどりの肌が目に映る。

キサラギは横目で彼の晒（さら）された毒々しい肌を見た。あれは彼の手術跡なのだろうか。

薄手袋をしながらマイロンは彼女に言った。

「キサラギもわかっていると思うけど、この手術には時間がかかる。硝子体を取るなら、完全に取り除かなければ、それだけ患者のリスクが高まる。……つまり時間を短縮するということは……」

キサラギは額の汗を拭いながら答える。

「硝子体を取り残すと、眼球は頑張ってなくなった分を取り戻そうとします。ですが、その働きが逆に網膜を完全に破壊してしまいます。例えるならば薄い伸縮性の透明なシートがあったとして、硝子体を中途半端に残してしまうと、そのシートはクシャクシャになってしまう。……そう、完全に目は見えなくなるでしょう」

たかが網膜剥離、単に角膜の病巣を取り除く手術、だがリスクは高い。

それがわかっているからこそ、キサラギはぐっと唇を強く結んで言った。

「人によっては多少残っていても問題ありませんが、このキャリアは若い男です。若者は治癒能力が高いですから……取り残してしまえば……」

「死ぬのと見えなくなるのだと後者のがマシだろう。アメーバを取り切るほうを優先して手術をするよ。結果的に完全に硝子体を取り除けたら幸運だということで」

「麻酔は……どうしますか？」

いまだ眠っている患者を見つつキサラギはマイロンに判断を仰ぐ。

「局所麻酔でなるべく少なく……角膜内皮が減ると免疫力も落ちる。この治療は患者の治ろうとする努力が重要視されるから、キャリアには尚更頑張ってもらおうとするか」

マイロンはあっさり決断をくだすと麻酔投与の準備をキサラギに指示した。

「手術後に抗菌剤も念のため投与しておこうかな。これ以上、ばい菌が入らないようにするものであって、あまり役には立たないだろうけどね」

準備のため手術室の外に出るキサラギに声をかけた。

「キサラギ、念のためだ。防護服を着るんだよ。……アメーバの増殖している水や眼球に直接触らなければ問題ないと思うけどね。ここには防護服があるから、これ以上、君が危険な目にあう必要はない」

キサラギは微かに頷いた。

マイロンは単純にナイチンゲールの人員が削られることを危惧しているだけなのだろうが、それでも自分を心配してくれることが嬉しかった。

そうやってキサラギがマイロンと話していると患者の男が目を覚ましたようだ。

マイロンは患者の男に駆け寄って彼の顔に自分の顔を近づけた。

会いたくて待ち望んでいた病を宿した器だからなのか、マイロンは感動しきったように双眸を輝かせながら万感の思いを込めたように、その男に挨拶する。

「やあ、こんにちは。僕は君に会うためにここまでやってきたんだよ」

◆

キサラギたちのできる全てが済んだあと、すぐに一行は監獄惑星を発ち、次の惑星へ向かうことにした。

特殊カレントアメーバが増殖した監獄惑星には、キサラギたちの手配のもと、即座に星境なき医師団から各星々に情報共有として通達がされて、治療のために数多の星から救援が出された。今では、他の星々と共有しながら感染者の治療と復興を行っているという。

ナイチンゲール内、後ろの操縦席に座ったキサラギは携帯端末を見ながらマイロンに話しかけてきた。

「例のキャリアは完全に失明したそうです」

「手術の予後は良くなかったんだね。増殖硝子体網膜症にでもなったかな？」

「……はい」

躊躇いがちに頷く彼女に、マイロンは彼女の憂鬱さを取り払うかのように豪快に笑った。

「いいじゃないか。大量に人を爆弾で虐殺したテロリストだっけ？　……地球で更に人を殺すことなく身を挺して彼らを逆に守り抜いた。死後の世界とやらがあるなら、失明分で罪もチャラになってくれればそれでいいよ」

「そもそも彼は横になっているだけで何もしていませんでしたが」

「大人しく手術を受けてくれただけで十分だよ」

マイロンの答えにキサラギが浅く息を吐き出した。安堵の感情も込めた息だった。

ミスト爺が首を捻(ひね)りながら言ってくる。

「しかし何故、儂らの罪が帳消しになったんかいのう。確かに患者の治療方法を確立させて、ある程度は治療を施したが、それでなかったことになるわけないと思うんじゃが……」

「ああ、それはね……」

勢いよく扉を開けて、操縦室に入ってきたキャナルがステップを踏むようにしてマイロンに近づいてくる。

「マイロン！」

彼女はマイロンに飛びつくようにして抱きついた。

「あなたの言う通り、どさくさに紛(まぎ)れて監獄惑星のシステムにあった私たちの犯罪履歴を改ざんしておいたわ。一応、あのあとも問題ないかフォローしておいたけど、ばれる気配はなさそう！　なので、安心してね！」

「こらこら、そういうのは口に出すもんじゃないよ」

「あら、ごめんなさい、マイロン。あなたに褒めてもらいたくて、つい……」

キャナルは舌を出しながらマイロンから身体を離した。

半眼になりながら痛い視線を送ってくるキサラギとミスト爺に、マイロンは誤魔化すような笑みを浮かべてホログラムモニターを表示して、自分の顔を二人から見えないようにした。

「僕は次の星をどこにするか考えているので忙しいんだ。しばらく話しかけないでくれないかな」

ミスト爺が苦笑いしながら言う。

「はいはい、次の星はちゃんと金儲(かねもう)けできる場所にしんさいね」

「私は、もっと治療に集中できる星がいいです」

キサラギもミスト爺の要望に便乗した。

たとえ外からの刺激でしか自分が決められないとしても、結果が伴うなら恥ずべき行為ではないのだろう。

その外側の刺激が病への執着に彩られた男が要因だとしても、彼のもたらす結末に満足できるというなら、このまま彼の傍にありたいとキサラギは想うのだった。

◆

ドクターマイロンはキサラギにとって神様だった。

その想いはどのような環境になっても変わらないはずだったが、幾つかの出来事を経て最近になって若干揺らいできているのも確かだった。


今、ナイチンゲールは燃料補給のため簡易宇宙ステーションに停まっている。

どうやらしばらくこのステーションに滞在するようだ。

何故なら、まだ次の目的地が決まっていないからである。

星境なき医師団から候補地の情報は多く与えられてはいるが、マイロンはざっとそのデータに目を通しただけで何も言わなかった。ミスト爺もキャナルも、マイロンに惑星を選ばせたほうが賢明だと思っているのか、とくに目的地について意見は言わなかった。

そうして現在、無意味に宇宙ステーションで時間を過ごしている状況だ。

ドクターマイロンはナイチンゲールを降りてしまった。キサラギも気分転換に宇宙ステーションを見て回ろうと外に出たそのとき、ナイチンゲールの周囲で不審に動き回るミスト爺を見つけてしまった。

「どうしたんですか、ミストさん」

「何でもないいね。気にせんでええよ」

声をかけたが彼は不安そうな眼差しをしたまま立ち去ってしまう。

一体何があったのだろうか。彼にしては珍しい表情だ。

キサラギもミスト爺と同様にそっちに歩こうとすると、視界の隅、ナイチンゲールの機体に隠れるようにして見慣れた人影を発見してしまう。

「……ドクターマイロン？」

「ああ、ようやく見つけてくれた。ミスト爺ったら、灯台もと暗しっていうかさ、まともに捜す気がないよねえ」

ドクターマイロンはナイチンゲールの足の付け根辺りに隠れるようにしゃがみこんでいた。キサラギは呆れかえりながら彼に合わせて屈み込み、視線を合わせる。

「何をしているんですか？」

「何だと思うかい？」

ドクターマイロンはぬいぐるみのようなものを抱きかかえながら子どものように笑う。

「……何を弄っているのですか？　そのタオルに包まれたようなものは一体？」

「これ？」

ドクターマイロンはそれを指差すとタオルをはぎ取った。

「リトルグレイだよ。可愛いだろ」

彼の言葉に呼応するかのように、彼の足に挟まれるようにして座り込んだリトルグレイがキュイと鳴く。

おかしい。リトルグレイの本体の居場所はミスト爺しか知らないはずだ。

不思議に思っているとドクターマイロンがにやりと笑った。

「君の言いたいことはわかる。これの場所はミスト爺しか知らないって言いたいんだろう？　ところがどっこい僕も知っているわけさ。そうしてこの子を持ちだして歩き回っているわけさ」

「……何でそんなことを？」

「そりゃ、誰にも見つけられないと過信されているものを、発見するのは楽しいに決まっているからさ」

相変わらずドクターマイロンの考えはわからない。だが上機嫌だ。

今なら彼の興味のないことを尋ねても軽く受け流してくれるかもしれない。

キサラギはずっと気に掛かっていたことを口にした。

「ドクターマイロンは、私が何故あなたの船に乗ったのか、聞かないのですか？」

「病（かれら）がそんなことを気にすると思うのかい？」

即答だった。意味がわからなかった。

目を点にするキサラギに気付いたのか、彼は苦笑しながら言う。

「ああ、この言い方だと君にはわからないか。……患者が医者の個人的プロフィールなんて気にすると思うのかい？　医者が何故、今の職業を目指したのか、とか何故、今の病院に勤めることになったのか、とか、さ。患者は自分のことで精一杯なのに」

まだちょっとよくわからないが、部分的な考えは納得できる。

首を捻りながらもキサラギは話の続きを聞く。

「完治してしまったのなら、尚更、医者や病（かれら）のことなんて忘れてしまったほうがいいだろう。いつかは忘れ去られてしまうものに対して、どうしてキャパシティを割かなければいけないんだい？　もっというと、病（かれら）については僕だけが考えていればいいわけで……というか、僕は病（かれら）そのものみたいなものだしね」

彼の言葉はすぐにどうしようもない状態になってしまった。だが正気で、かつ納得できる箇所もある。まるでたちの悪い麻薬のようにキサラギの心に染みいっていく。

「つまり、僕がそんなことを気にすると思うのかい？」

ドクターマイロンは軽やかに言い放った。

「……」

本当に彼の頭はおかしいのだ。正気とそうではない感情が混在しているようだ。

いいや、違う。すぐにキサラギは訂正する。彼にとっては正気やそうでない状態など存在しないのだ。ただ思っていることを素直に口にしているだけで。

それが普通の人間には理解できないだけで、正気とそうでないものに映るだけで。

そして何となく頷ける内容もあるから尚更たちが悪い。

「今更ながら不安になってきました。……私はいつまであなたのそれについていけるのでしょうか」

ミスト爺の言葉の意味を改めて思い知ってしまう。

疲れた笑みを浮かべたキサラギに、ドクターマイロンは何てことのないような顔で即座に言った。

「なんだ、嫌になったのなら船を降りればいいじゃないか」

一瞬だけ思考が止まった。

まるで自分を拒絶されたような痛みを覚えつつ、キサラギはぎこちなく口元を引きつらせながら言う。

「簡単に言うんですね。……実際、そういう状況になって私が船を降りてしまうくらいに追い詰められてしまい、あなたに対して嫌な感情を持って、あなたの悪評を泥のように周囲にばらまくとは考えないんですか？」

「何を言っているんだ。君がそんなことをするはずがないだろう」

これまた即答だった。思考が吹き飛んでしまう。

どうして彼は何の考えもなしに、そんなことを言えるのだろう。

キサラギの反応なんかお構いなしに彼は言葉を続けた。

「僕が病（かれら）のことにしか興味を持っていないように、君も患者のことしか考えていないんだろう？　それが看護師というものだと、僕は君を見て認識しているけれども。……だから患者を救うのに場所なんて関係ないよね。この船にこだわらないで降りればいいんだよ。君はそれだけ患者に対して必死になれる人間だろう」

キサラギは息を吸い込もうとしたが、うまくいかなかった。

舌が痺れるように痛く、喉の奥に熱いものを感じる。

理屈がめちゃくちゃで、支離滅裂で何を言っているのか、わけのわからない彼の言葉なのに、キサラギは彼の言葉に心に響くものを感じてしまっていた。

「それに君は勘違いしているようだ」

「何をですか？」

キサラギはそれだけ声に出した。

彼はリトルグレイの頭を撫でながら言う。

「そういう良くない泥をひたすらに無意味に撒き散らす無駄な存在になるのは、君ではなく君が見捨てたほうだろう」

自分ではない？　自分は悪いものではない？

狼狽えているキサラギを放置して彼は独り言を言う。

「うーん、そろそろかな」

「え？」

その言葉に困惑するキサラギに、彼は申し訳なさそうに笑った。

「……いいや、何でもないよ。それより、さっきの話の続きだ。何故、見捨てた相手が無駄な存在になるのかと知りたい顔をしているようだから、教えてあげるとも。……自家中毒のようなものだよ。比較的心の広い君が嫌になったというなら何かしらどうしようもないことが起こったということだろう。そんな状況だというのに相手は視野を広く持たず、他者を認めることもなく、自分のことしか考えずに動かないままでいる。そんな害虫のごとき存在の末路はわかりきっているじゃないか。詳しく説明する必要があるかい？」

ドクターマイロンはキサラギを真っ直ぐ見据えて自信満々に告げてくる。

「頑なに動かないでいるものより、常に動いて……変化していくもののほうが正しいに決まっている。だから世の中は絶えず生き生きとしながら動いていくんだよ、キサラギ」

まるで自分自身が正しいと言われたような気がして頭がくらりとした。

勘違いだ。彼はキサラギにそれほどの価値を認めていないだろう。

それでも彼の口からそんな言葉が出てきたことが、胸がはちきれんばかりに嬉しくて、涙すら零してしまいそうな感覚に襲われてしまい、誤魔化すようにして話題を逸らす。

「今の会話の流れでその言い方だと、その害虫のごとき存在はドクターマイロンそのものなんですけど、わかっていますか？」

「……」

ドクターマイロンはキサラギの突っ込みに沈黙をもって返した。

「おっと、ちょうどいいかな？」

やがて呟くように言った彼は素早く立ち上がった。

「何がですか？」

訝しく思い尋ねるキサラギにドクターマイロンはリトルグレイを手渡しながら早口で言ってくる。

「僕は次に向かう惑星について心当たりができたので調べにナイチンゲールに戻るよ。実はリトルグレイを持ってきたのはいいけど、誤魔化すタイミングについて困っていてね。この子はナイチンゲールの要だから、その辺に放置するわけにはいかないし。君が僕の話し相手になってくれて助かったよ。リトルグレイをよろしく。じゃあね」

彼の言葉の意味がわからない。

呆然としながら、さっさと立ち去る彼の背中を見送っていると、突然、ホログラムモニターが目の前に表示されて驚いてしまう。

「嬢ちゃん！　そっちの方向にリトルグレイの反応が……あ！」

ミスト爺だ。キサラギの抱えたリトルグレイを目にして驚きに瞼を震わせている。

「何故、嬢ちゃんがリトルグレイの本体を持っているんよ」

怒りの滲んだ声にキサラギは困り果てて口ごもった。

「えっと……これは……」

しばらく考え込んだキサラギは言った。

「とりあえずミストさん、船に戻りましょう。そろそろ出発すると思いますから」

次の星で患者を治療しに行く。

おそらくそれが最適解だからだ。

後書き

こんにちは、初めての方は初めまして、鳥村居子と申します。

今回、ノベルゼロ様での新企画についてお話をいただいたとき、ちょうどＷＥＢ連載で頭を悩ませていた時期でした。ＷＥＢで週刊連載など初めての経験で、一般的な連載特有の制約やルールに振り回されていて自分の道が見えない中、ノベルゼロの担当さんに宇宙をテーマに幾つかアイデア出しをしてほしいとお願いされたものの、いまいちピンとくるアイデアが思いつかず、かなり苦戦しておりました。

どうにもならず友人を呼び出し、最近、好きで読んだり観たりしている特定のジャンルはないか訪ねたところ、

「医療ものとか好きだね」

その友人の一言で、慌てて締め切り前にひとつ医療系でアイデアをひねり出して最後のひとつとして付け足した結果、そのアイデアが担当さんに拾われて、最終的には、こうして皆様が手にとってくださっている本作のような形になりました。

アドバイスしてくださった友人には感謝してもし足りません。今度、スペースワー●ドの入場券をプレゼントしようと思います。

そもそも今回、宇宙がネタになったのは、担当さんとの会話で私のＵＦＯとリトルグレ

イ好きが露呈したことがきっかけでした。

何でそうなったのかはよく覚えていないのですがモ●ダーとス●リーをこの上なく愛しているという話をしていると、突然、担当さんが「じゃあノベルゼロの新作は宇宙ネタで考えてください」と無茶ぶりをしてきたのです。

たしかに私はＵＦＯとリトルグレイにロマンを感じています。元々、父親がそういったものが好きで、ＵＦＯ関連の書籍で埋め尽くされた書斎に通って本を読み尽くしたり、毎日のように父親が鑑賞していた宇宙関連の映画を傍らで観ていたり、家にあった天体望遠鏡でＵＦＯを探したりしたことが私に大きな影響を与えたのでしょう。（※ちなみに結局ＵＦＯは見つかりませんでした）

ですがロマンはインプットして、いつまでも内に抱くものであってアウトプットするものではありません。どう成果物として落としていくか悩みどころでした。

本気で苦しんで担当さんに「やっぱりこれ書くのやめませんか無理です」と伝えようか迷ったくらいです。ですが、そんな私を助けてくれたのは周りの人たちでした。

いつのことで誰かも忘れてしまいましたが「作家は孤独だから大変でしょう」と言われたことがあります。人によるのでしょうが私は多くのひとに助けられてヒイヒイぎりぎり生きながら創作活動をしておりますので、あまり孤独に感じたことはありません。

先程も申しましたが今回の作品も友人をはじめとする多くの人たちに助けられました。

プロットについて力になってくださった某作家A様、SFを書いたことがなく狼狽する自分に的確なアドバイスをくださった某作家T様、医療についての知識や体験談などネタを提供してくださった某医療関係者S様、宇宙についてリアルネタをリアルタイムに提供してくださった某宇宙関係事業にお勤めの友人K様、本当にありがとうございました。

単に私がすぐに周りに泣きついてしまうだけなのか（笑）わかりませんが、こんな形の作家が世の中には、いてもいいんじゃないかなとは思っています。

本作のストーリーを作るにあたって担当さんにも大変お世話になりました。あれこれアイデアを手当たり次第にポイポイ投げてしまったのに、簡単にまとめて整理してしまう担当さんは本当に素晴らしい方です。天才です。逆に頼り切りで申し訳ない気持ちにもなってしまいますが……。

イラストレーターの凪良先生、素敵なイラストをありがとうございました。まさしく理想のドクターマイロンでした。とくに特典描き下ろしのマイロンは興奮しすぎて頭が痛くなりました。たぶん鼻血が出そうだったんだと思います。そんな凪良先生に作中のマスコットとはいえリトルグレイを描かせてしまうなんて申し訳ありませんでした。どうか許してください。

本文とマッチするような仕上がりにしてくださったデザイナー様、校正様、営業様、この本の制作に関わってくださった全ての皆様、本当にありがとうございました。

もちろん、本作を手に取ってくださった読者の皆様にも深くお礼申し上げます。

少しでもUFOとリトルグレイで医療でSFなロマンがたっぷり詰まった本作をお楽しみくだされば幸いです。

また、この場を借りて宣伝させてください。ファミ通文庫様から同月28日に『マメシバ頼りの魔獣使役者ライフ　俺の相棒が異世界最強になりまして』が発売されます。本作とはまったく雰囲気の異なる作品ですが、もし興味がありましたら宜しくお願い致します。

それではまたどこかの作品でお会いできますように。

銀河を診るナイチンゲール

Dr.マイロンの病診推理

NOVEL ZERO
http://novel-zero.com/

発行	2016年12月31日　初版第一刷発行
著	鳥村居子
発行者	三坂泰二
発行所	株式会社KADOKAWA 〒102-8177 東京都千代田区富士見2-13-3 0570-002-301(カスタマーサポートナビダイヤル) http://www.kadokawa.co.jp/
印刷・製本	株式会社廣済堂

Printed in Japan
ISBN 978-4-04-256037-1 C0193

Akashic Re:cords
アカシックリコード
——此処で、キミの想像は創造となる
NOVEL 0にて
ノベルゼロ
水野良による
書籍化決定!!
100万
ダウンロード
突破!!
アカシックリコード
© 2016 SQUARE ENIX / KADOKAWA © 2016 SQUARE ENIX CO., LTD. All Rights Reserved.